W0323408

L'EXÉCUTEUR

HALLALI À BOSTON

DON PENDLETON

L'EXÉCUTEUR

HALLALI À BOSTON

VAUGIRARD

Photo de couverture : PICTOR INTERNATIONAL

La loi du 11 mars 1957 n'autorisant aux termes des alinéas 2 et 3 de l'article 41, d'une part, que les *copies ou reproductions strictement réservées à l'usage privé du copiste et non destinées à une utilisation collective*, et, d'autre part, que les analyses et les courtes citations dans un but d'exemple ou d'illustration, *toute représentation ou reproduction intégrale ou partielle faite sans le consentement de l'auteur, ou de ses ayants droit ou ayants cause, est illicite* (alinéa 1er de l'article 40). Cette représentation ou reproduction, par quelque procédé que ce soit, constituerait donc une contrefaçon sanctionnée par les articles 425 et suivants du Code pénal.

© 1995, Presses de la Cité-Poche/HUNTER.

ISBN 2-280-13132-3

PROLOGUE

Shirley O'Lynn gisait écartelée sur le lit, nue. Ses ravisseurs, des hommes aux visages brutaux et aux épaules musculeuses, avaient pris un soin attentif à immobiliser la plantureuse beauté. Elle était étendue sur le dos. D'épaisses sangles de cuir fixées au cadre du lit lui entravaient solidement les chevilles, les genoux, la poitrine et les poignets.

La jeune femme respirait difficilement, gênée par ses liens. Depuis combien de temps était-elle attachée ainsi, sous les regards malsains de ces types ? Elle avait vaguement conscience de s'être réveillée cinq ou dix minutes plus tôt, l'esprit chancelant et la bouche pâteuse. On avait dû la droguer, mais elle ne se souvenait ni de la façon dont ça s'était produit ni à quel moment.

Le plus effrayant, c'étaient ces quatre paires d'yeux braqués sur elle, froids et calculateurs. Et depuis qu'elle avait aperçu ces types immobiles près du lit, pas un d'entre eux n'avait prononcé un mot, comme s'ils attendaient que quelque chose se produise.

D'une voix ralentie par les stupéfiants qu'on lui

avait fait absorber, elle avait d'abord protesté, demandé qu'on lui donne une explication, puis supplié, mais aucune réponse ne lui était parvenue. Les yeux sadiques continuaient de se fixer sur elle.

L'envie la prit alors d'ouvrir la bouche pour injurier ses ravisseurs. Mais le cri rauque qui lui échappa brusquement n'avait rien à voir avec le virulent chapelet d'insultes qu'elle voulait leur lancer. Elle était effarée par le son qu'elle venait de produire et qui ressemblait plus à un coassement qu'à l'expression d'une voix humaine.

La petite assemblée de mafiosi se mit alors à dialoguer dans la vieille langue du pays, visiblement satisfaite de l'état de la prisonnière.

Des larmes de frustration et d'effroi roulèrent sur les joues de Shirley.

Toni Blancanales lui avait demandé de la rejoindre dans l'appartement qu'elle avait loué à Boston.

— J'ai besoin de toi, Mack, lui avait-elle dit au téléphone d'un ton un peu coincé mais sans lui donner de détails.

Puis elle l'avait attendu en bas de l'immeuble, apparemment nerveuse et passablement impatiente.

L'imposante silhouette de l'Exécuteur remplissait plus de la moitié du petit ascenseur. Il en sortit en baissant un peu la tête, entra dans le studio de location et Toni le fit passer dans un salon sommairement meublé.

— Veux-tu boire quelque chose? lui demanda-t-elle.

Il hocha négativement la tête, la fixant avec un léger sourire d'amitié.

Mack Bolan n'avait pas pour habitude de s'occuper des affaires privées. Il avait déjà suffisamment de travail avec la mafia, mais Toni n'était pas n'importe qui. Non seulement elle était la sœur de Rosario Blancanales, un camarade de combat au Viêt-nam ainsi qu'un coéquipier, mais elle l'avait aussi, et à plusieurs occasions, aidé dans sa croisade contre le Crime Organisé. Il savait parfaitement qu'il pouvait compter sans limite sur Toni. Elle l'avait largement prouvé par le passé et, de son côté, il savait qu'il ne pouvait rien lui refuser. Aussi avait-il fait un crochet pour écouter son histoire.

Lui prêtant une attention toute particulière, il écouta la jeune femme, lui posa ensuite quelques questions précises et prit mentalement des notes.

— Qui est exactement Shirley O'Lynn? demanda-t-il en réfléchissant. Quel genre de fille est-ce?

Les yeux baissés, Toni répondit :

— C'est une amie d'université. Nous étions très liées toutes les deux, presque comme deux sœurs jumelles. Elle n'est pas du tout le genre à faire une fugue ou à se laisser embarquer dans une sale histoire. Sa mentalité est propre, si c'est ce que tu veux savoir.

Il la questionna encore sur les fréquentations de Shirley O'Lynn, ses habitudes, ses prédispositions et ses goûts, puis observa Toni Blancanales.

— J'ai un très mauvais pressentiment, Mack, ajouta cette dernière en forme de conclusion.

Elle était dans un état de nervosité plus qu'avancé et Bolan lui adressa un sourire plein de chaleur.

— Je vais essayer de retrouver ton amie, lui dit-il d'une voix qu'il voulait rassurante. Je ne peux évidemment rien te promettre.

— Je sais.

— Tu devrais prendre une douche ou un bain pour te détendre.

— Je ne sais pas si ça changera grand-chose.

— Fais-le quand même. En attendant, je vais cogiter un peu.

Elle eut un sourire contraint :

— Le grand guerrier a besoin d'être seul pour réfléchir ?

— Besoin surtout de faire le point. Ce que tu viens de me dire pourrait avoir une relation avec certains renseignements qu'on m'a donnés.

— Comment ça ?

— Trop tôt pour t'en parler, Toni.

— Tu ne veux pas me mettre dans la confidence ?

— Non. Il faut d'abord que je voie si ça colle.

— Bon, je te laisse à tes cogitations, approuva-t-elle en se levant. Tu seras encore là quand je sortirai de la douche ?

Il lui envoya une petite tape sur les fesses.

— Si tu n'y passes pas trop de temps.

— Dix petites minutes, ce sera suffisant, assura-t-elle.

Toni alla déboucher une bouteille de whisky, disposa deux verres sur une table et disparut dans la salle de bains. L'Exécuteur s'approcha de la porte-fenêtre qu'il ouvrit en grand et s'avança sur le balcon.

Un peu plus tard, à travers le léger voile du rideau, il la vit réapparaître, une serviette de bain nouée sous les aisselles, et s'approcher de la table pour remplir les verres. Puis la serviette glissa, tomba aux pieds de la jeune femme, et Bolan put admirer le corps splendide sur lequel s'attachaient encore quelques gouttes d'eau scintillantes.

Sa peau dorée par le soleil soulignait ses muscles tonifiés par des années de gymnastique et d'entraînement à différents sports. Toni était une des plus belles femmes que Mack Bolan ait connues. Une des plus formidables aussi.

Il toussota avant de réintégrer le living mais Toni ne tenta rien pour couvrir sa nudité. Au contraire, elle fit quelques pas dans sa direction et se blottit tout contre lui, le souffle un peu court.

— Tu devrais t'éloigner de moi, lui dit-il en grimaçant un sourire. Je ne suis pas tout à fait un robot.

Relevant le visage pour le regarder, elle lui assura :

— Je n'ai pas envie que tu sois un robot, Mack. Surtout pas maintenant.

Puis la pression de son corps se fit plus insistante. Sa chaleur féminine s'irradia avec une intensité quasi foudroyante et les bras de Bolan se refermèrent doucement sur le corps magnifique.

Avant de s'abandonner complètement, il eut une dernière pensée pour l'amie de Toni et ce qu'il venait d'apprendre à son sujet. C'était plus qu'un mauvais pressentiment qu'il éprouvait. La quasi-certitude que Shirley O'Lynn faisait déjà partie intégrante d'un cancer qui commençait à dévorer la ville de Boston.

CHAPITRE PREMIER

L'Exécuteur devait improviser. C'était tout ce qu'il pouvait faire en fonction d'une situation inattendue. Lorsque Toni Blancanales, gérante de la société Able Team, et surtout proche de Bolan, avait fait appel à lui, il venait de quitter la Californie[1] et faisait route vers Boston où ses renseignements lui permettaient de penser qu'il s'y trouvait un point chaud, un nid de vermine issu de la nouvelle génération de mafiosi.

L'information de base émanait de Frank Vitali, un agent fédéral camouflé en mafioso qui avait infiltré l'état-major des *amici* à New York.

Fort de ces renseignements, l'Exécuteur voyait se profiler une nouvelle tête de pont mafieuse dont l'architecte était plus que probablement Ange Castellano, le sinistre « archange » de *Cosa Nostra.*

La dernière personne à avoir été aperçue en compagnie de Shirley O'Lynn était un petit avocat marron du centre industriel portuaire de Boston : Raymond Fitzpatrick.

1. *Les chacals d'Hollywood*, L'Exécuteur N° 128.

La piste concordait avec celle que l'Exécuteur avait commencé à suivre depuis Los Angeles. Il aboutit donc à Boston aux alentours de dix heures du soir, passa un certain temps à repérer les lieux et examiner l'immeuble de Fitzpatrick, puis décida d'intervenir.

Bolan n'était pas seulement un guerrier mais aussi un artiste en matière d'infiltration. Ce fut à peine si la quatrième clé provoqua un léger cliquetis en tournant dans la serrure. Du premier coup d'œil il avait identifié le type de fermeture et trouvé dans son petit trousseau l'outil adéquat pour convaincre le mécanisme de coopérer. Il tourna la poignée, se figea un instant, puis poussa le battant.

Dans l'obscurité, il assura la crosse du Beretta dans sa main, vérifia de l'autre le blocage du silencieux, pénétra dans l'appartement. Balisant son chemin de brefs éclairs d'une mini-lampe, Bolan s'infiltra dans le salon puis dans une chambre d'où provenait un léger ronflement, repéra le lit où dormait Raymond Fitzpatrick.

L'avocat dévoyé émit une sorte de râle plaintif et se retourna dans son lit. Depuis un instant mal défini, il était à moitié réveillé, à mi-chemin entre le rêve et la réalité. Un trouble sentiment accaparait une partie de ses pensées plus ou moins conscientes, comme si un danger imminent le guettait. Dans son imagination, il avait la joue collée à une barre d'acier froid et noir. La barre le poussait, lui martyrisait la moitié du visage. Et quelque chose, ou plutôt quelqu'un manipulait cette barre, s'acharnant sur lui comme une présence diabolique.

De nouveau il poussa un grognement, hoqueta,

s'étrangla à moitié et se réveilla tout à fait. Ce fut alors qu'il se rendit compte qu'il n'avait qu'à moitié rêvé.

Le type qui se tenait tout près de lui paraissait immense. Il tenait dans sa grande pogne un calibre tout noir prolongé par un incroyable silencieux dont l'extrémité s'appuyait contre sa joue.

— Quoi ?... Qui êtes-vous ?... Mais je..., balbutia-t-il.

— Ferme-la et écoute, fit l'intrus d'une voix qui lui sembla venir d'outre-tombe. Parle-moi de Shirley O'Lynn.

— Qu... qui ?

— O.K., fit Bolan après lui avoir adressé un bref sourire glacé.

Il plaça la gueule du Beretta entre les yeux de Fitzpatrick qui se figea.

— Attendez ! Vous avez dit Shirley ?...

— Ouais, tu as bien entendu. Et tu as une demi-seconde pour me donner une première réponse.

— Bon Dieu... D'accord !... Shirley...

Bolan recula un peu le canon du Beretta. Un éclair de soulagement parcourut le regard de l'avocat.

— Je suis désolé pour elle... Mais ça ne me concerne pas directement.

— Moi je crois que tu devrais te sentir concerné, Ray, fit Bolan d'une voix dangereusement douce. Tu as vécu avec cette fille que tu as ensuite balancée dans les pattes des maquereaux de la mafia. Tu savais parfaitement ce qui allait arriver et je ne t'accorde aucune circonstance atténuante. Tu ne te sens toujours pas concerné ?

— Merde ! Enfin, qui êtes-vous ? couina l'*amico di amici* en se redressant d'un coude sur le lit.

— Pour toi, le diable. Pour Shirley, un ami !

— O.K. Bon, je ne sais pas qui vous êtes, mais je vais vous raconter.

— T'as intérêt à pas te tromper.

— Au début, nous avons vécu parfaitement heureux, seulement...

Bolan eut un petit rire grinçant :

— Je ne t'ai pas demandé de me raconter tes affaires sentimentales, Ray. Pas plus que des salades.

— Ouais, c'est vrai. Mais faut que vous sachiez que j'ai marché avec eux contraint et forcé.

— J'en suis persuadé. Il existe des tas de manières de faire marcher les gens comme toi. Corruption, chantage, pression psychologique... C'est très facile avec des types de ton espèce. Mais ça ne m'intéresse pas de savoir de quelle façon on t'a convaincu. Continue et dépêche-toi.

— Quelqu'un est venu me voir en me montrant les traces de mon passé, vous comprenez, poursuivit l'avocat à la solde de la mafia. Tout ce que j'avais bâti allait s'écrouler si je ne faisais pas ce que l'on me conseillait.

Fitzpatrick déglutit bruyamment puis fit une pause, les sourcils froncés.

— Et on te conseillait quoi ?

— Eh ben... de marcher dans la combine, évidemment. Vous savez, ces gens-là ont des tas d'affaires qu'ils mènent en marge de la loi et...

— Le nom du « conseilleur » ! le coupa sèchement Bolan.

— Un certain... David... David Scoloda.

Bolan avait entendu parler de David Scoloda par Frank Vitali.

Il gronda :

— La suite, Ray.

— J'ai, heu... accepté leur marché. Ils m'ont d'abord demandé de petits services, puis des prestations plus importantes...

— Par exemple ?

— Des manipulations juridiques mettant en cause de jeunes femmes que je devais défendre devant les tribunaux ou dont je devais payer la caution. Pour commencer...

— Tu veux dire des prostituées ?

— Pas vraiment. Des call-girls plutôt. Il y avait aussi des femmes du monde qui s'étaient fourrées dans des histoires emmerdantes avec des gigolos, et puis également quelques filles du show-biz et du cinéma. Des affaires de mœurs...

— Et après ?

— Je rentrais ainsi dans leur vie privée et je commençais une partie de séduction qui les menait à David Scoloda. Ensuite je n'entendais plus parler de ces filles.

— Et pour Shirley O'Lynn ?

— Je vous jure que je voulais pas que ça se passe de cette façon pour elle. J'avais des sentiments, faut me croire.

— Tu sais ce qui se passe ensuite pour elles ?

— Pas vraiment. Je pense qu'ils les collent dans les mains de gros bonnets, des politicards surtout.

— Je t'ai dit de ne pas me raconter de salades. Tu as oublié ?

De la sueur jaillit soudainement du front de Fitzpatrick. Ses yeux s'exorbitèrent lorsque le gros silencieux vint de nouveau se poser sur son front.

— Je.. J'ai entendu dire qu'ils les faisaient tourner à tout-va avec ces mecs, qu'il y avait des partouzes qu'on filmait, des séquences vachement salaces. Du hard-porno aussi.

— Ne t'arrête pas, grogna l'Exécuteur dont le visage était devenu granitique. Qu'est-ce qu'ils font de ces filles après qu'elles ont servi à mettre ces pions importants dans le sac de la mafia?

— Eh bien... J'crois que c'est le circuit habituel. L'Amérique latine, le Mexique et puis les pays arabes...

— Evidemment, il ne faut pas qu'elles réapparaissent.

— Evidemment. Pour ces gars-là, ce serait dangereux.

— Et, toujours évidemment, tu touchais du fric pour ça.

— Oh... ou... oui, mais je le faisais surtout par contrainte...

— Bien sûr, fit Bolan en pressant doucement la détente du Beretta. Moi je le fais sans contrainte, ajouta-t-il froidement.

Il quitta l'immeuble, s'enferma dans une cabine téléphonique et appela son ami Harold Brognola à Washington. Le Numéro Deux du Justice Department était chez lui.

— Il me faut une information urgente, Hal, dit brièvement Bolan.

— Tu es à Boston?

— Comme prévu, oui.

— Je t'écoute...

— Frank m'a parlé de David Scoloda. Tu es au courant?

— Bien sûr.

— Il m'avait filé le tuyau à ce sujet. Scoloda travaille pour Lino Pellini. Ce nom te dit quelque chose ?

— Un peu ! Aux dernières nouvelles, il bossait pour Sam l'Expéditeur, autrement dit Samuel Carmi, un *amici* très proche de notre ami Ange Castellano.

Bolan rigola.

— Le monde de la mafia est petit, hein ?

— Petit si l'on veut. Les *amici* sont un peu plus nombreux chaque jour, ils contaminent tout ce qu'ils touchent de près ou de loin.

— Très juste. Je viens de quitter quelqu'un qui avait lui aussi attrapé le virus *Cosa Nostra.* De son côté, il a quitté définitivement le monde des *amici.*

— Ah ! Je vois, fit Brognola. L'information va t'être utile ?

— Je l'espère.

— Quelle est la couleur, là-bas ?

— Pour le moment, je fais une percée dans le micro univers de la prostitution locale. Mais je pense que l'horizon va bientôt s'élargir.

— Avec Samuel Carmi dans le coup, ça n'aura rien de surprenant.

— Pour sûr. Bon... Dors bien.

— T'es pas trop crevé ?

— Tu veux rire ! Je débarque à peine.

— La fête va bientôt commencer ?

— Elle est déjà entamée, Hal. Ciao.

CHAPITRE II

L'Exécuteur remonta la rue jusqu'au croisement où il avait garé sa voiture, une Buick bleue de location.

Décidément, la pieuvre était en action, et ses renseignements de base étaient plus que fondés. Mais de quelle façon le gratin de *Cosa Nostra* était-il impliqué dans une sordide histoire de traite des Blanches ? Ça ne collait pas, c'était vraiment s'exposer pour des retombées bien fades pour ce genre de personnages qui évoluaient dans des sphères mafieuses de plus haute volée. Ou bien alors le hasard faisait un clin d'œil à Bolan et l'aiguillait rapidement vers une piste toute chaude. Mais était-ce bien le hasard ?...

Bolan se rendit au 124 Call Street, près de Kennedy Square, où il savait pouvoir trouver la planque de David Scoloda. En arrivant sur place il ne découvrit qu'un vieil immeuble d'affaires pratiquement désaffecté où l'on pouvait lire une plaque de société :

International Trades Consultants
Samuel Carmitcher
Mike Stenphil
THE REAL-ESTATE BUSINESS

L'immeuble était bâti sur quatre étages et trônait au milieu d'une meute de buildings « new look ». Sans la pluie, l'endroit aurait sans doute été acceptable. Il était un peu plus de onze heures du soir. Bolan gara son véhicule à une cinquantaine de mètres et se présenta à pied, vêtu d'un imperméable. Deux véhicules stationnaient devant la bâtisse. L'un était inoccupé. Les vitres embuées de l'autre signalaient une présence à l'intérieur et de la vapeur se dégageait de la surface du capot, attestant que le moteur était à l'arrêt depuis peu de temps.

Dégrafant deux boutons de son imperméable, l'Exécuteur s'approcha de la grosse caisse, une Pontiac Firebird, et frappa doucement contre la vitre rendue à moitié opaque par la condensation. Il y eut aussitôt un bruit ouaté de moteur électrique et la glace rentra partiellement dans la portière, démasquant un visage de butor aux yeux méfiants qui le fixèrent sans la moindre sympathie. Bolan eut un sourire navré.

— Je suis complètement paumé, annonça-t-il. Vous pouvez me dire comment récupérer Badlinton Street ? Avec cette saloperie de temps...

Il avait instantanément placé un nom sur le visage bestial : Ralph Scarpini, le Charognard. Son portrait était bien tel que l'avait décrit Toni lorsqu'elle lui avait parlé du dernier entourage de Shirley O'Lynn. Ce devait être le porte-flingue du dénommé David Scoloda ou, au moins, un membre de son équipe, en tout cas sûrement pas un ange de miséricorde. D'après les renseignements que Bolan avait pu récupérer, le Charognard était un mafioso de la vieille école à qui on n'en remontrait pas et qui avait à son actif quantité d'assassinats et de crimes de toutes sortes.

Scarpini n'avait pas la réputation d'être particulièrement intelligent, mais il possédait au moins une qualité, sa rapidité à sortir une arme et à liquider sa victime avant même d'avoir réfléchi à ce qu'il faisait. Jamais trop inquiété par les officiels. Pour les chefs, un type dans son genre était une perle rare dont il fallait prendre soin et ceux-ci n'hésitaient pas à payer de fortes sommes sous forme d'enveloppes ou de cadeaux « consommables » à certains magistrats à la moralité flexible.

Le Charognard grommela quelques mots inintelligibles, cracha par la vitre à ras de Bolan, puis son regard bovin se posa sur son interlocuteur comme s'il venait seulement de l'apercevoir.

— Ah bon, comme ça t'es paumé ?

— Je tourne en rond depuis plus d'une demi-heure.

— J'suis pas une agence de renseignements.

Bolan prit une mine ennuyée.

— Ecoutez, je vous demande simplement de me dire où se trouve Badlinton Street. J'ai laissé ma femme dans ma voiture et elle doit s'inquiéter...

— Ah ouais ? s'attendrit le gorille. Elle doit se geler le cul, la pauvre mignonne. Amène-la ici, on pourra discuter à l'abri.

— C'est vraiment très généreux de ta part, répondit gentiment Bolan.

Le Charognard eut un ricanement vulgaire et lança :

— Tu trouves aussi, hein !
— Oui, fit Bolan en exhibant son Beretta 93-R.
L'énorme silencieux était braqué sur la face brusquement congestionnée.
Le Charognard avait eu un imperceptible mouvement pour lancer sa main sous sa veste à la recherche de son .45. Mais il s'immobilisa. Il avait reçu le message. Sa rapidité légendaire lui avait fait défaut et ce connard l'avait blousé. Le regard lourd, Scarpini fixa le « connard » puis la gueule noire du silencieux qui ne déviait pas d'un millimètre.
— Qu'est-ce que tu veux ? lâcha-t-il dans un souffle rauque.
— Qui est dans l'immeuble ? Combien ?
— Va te faire mettre, connard.
Bolan fit glisser le silencieux du Beretta pour le centrer au milieu du front de Scarpini.
— Je t'ai donné une chance. Tu n'en auras pas deux.
— Ça veut dire quoi ? railla le mafioso avec un ricanement coincé.
— Que tu réponds ou je te liquide.
— Tu feras pas ça, mec. Si tu me liquides, t'auras pas de réponse à ta question. Logique, non ?
Bolan avait été convaincu dès le premier instant qu'il n'obtiendrait rien de valable de ce tas de muscles sans cervelle. Il en était maintenant certain en scrutant le visage fermé du gros Charognard. Ce dernier calculait la possibilité et les chances qu'il avait de saisir son arme et de flinguer avant d'être flingué. Un réflexe conditionné.
— Oui, très logique, rétorqua l'Exécuteur en caressant doucement la détente de son arme.

Une balle blindée gicla silencieusement du canon noir pour aller vérifier la présence ou l'absence d'une cervelle dans la grosse tête de Ralph le Charognard. L'ogive traversa la boîte crânienne, ne laissant de son passage qu'un petit cratère sanguinolent, poursuivant sa route en emportant le bulbe rachidien et une bonne partie de la nuque. La main du truand se tétanisa pour la dernière fois sur la crosse nacrée du magnifique .45 qui maintenant se retrouvait au chômage technique.

Calmement, Bolan rengaina son Beretta et s'approcha du building. Derrière une porte d'entrée vitrée, le hall était éclairé par un tube fluorescent qui répandait une lueur crayeuse. Un jeune type au visage de gouape gardait les lieux. Il portait un blouson de cuir noir, des bottes de cow-boy, et était assis en train de regarder l'écran d'une télé portative.

L'Exécuteur appuya sur le bouton de sonnette crasseux de l'entrée et le garde se leva vivement pour venir contre la porte qu'il entrebâilla d'un air méfiant.

— J'ai rendez-vous avec Mike, déclara-t-il au mafioso.

— Bougez pas ! Je téléphone à M. Memphis.

— Pas la peine ! fit l'Exécuteur en faisant apparaître sa carte de visite noire et silencieuse.

Les yeux du type devinrent tout ronds. L'Exécuteur le délesta d'un revolver .38 Special et enchaîna :

— Tu passes devant, tu m'indiques la route !

Sans cesser de fixer le Beretta, l'*amico* contourna un comptoir vétuste et, tel un crabe, se dirigea vers l'ascenseur. Il pressa le bouton d'appel de la cabine qui arriva quelques instants plus tard dans un bruit de câbles mal entretenus. Dans l'ascenseur, comme hypnotisé par le Beretta, livide, il enfonça le troisième bouton.

Mike Memphis était un homme d'affaires véreux au service de la mafia. Nombreuses étaient les troubles opérations immobilières qu'il avait conclues pour le compte des *amici*. Des opérations toutes entachées d'escroquerie ou d'abus de confiance mais particulièrement rentables. Il faut préciser que Mike Memphis se dépensait sans compter, travaillant de jour sur des affaires semi-légales, et de nuit s'occupant des « cas spéciaux » à traiter confidentiellement. Aussi n'était-il pas surprenant qu'il fût à son bureau à une heure aussi tardive de la nuit.

Il était en train de consulter les dossiers immobiliers de ses derniers achats dans le Connecticut, près de Providence. L'opération avait été facile. Une poignée de dollars, l'aide de Lino Pellini, le bras droit de M. Carmi, ainsi que de Sam Carmitcher, quelques expropriations menées manu militari, et l'affaire avait été dans le sac.

Lorsqu'il était passé, « monsieur Carmi » s'était montré plus que satisfait et, par voie de fait, Mike devenait un peu plus riche. Il ne comprenait pas vraiment le but qui avait poussé Sam Carmi à choisir ce terrain sans valeur et de plus complètement isolé au Connecticut. Mais on ne le payait pas pour comprendre...

Trois petits coups à peine audibles furent subitement frappés à la porte.

— Qu'est-ce que c'est? fit Memphis en sursautant.

Il n'attendait personne, avait demandé qu'on ne le dérange sous aucun prétexte. Etait-ce Scarpini? Mais si celui-ci avait voulu le joindre, il aurait tout simplement utilisé le radio-téléphone de la voiture.

— Qu'est-ce que c'est? répéta-t-il, partagé entre la rogne et un début de trouille.

La réponse lui parvint sous la forme du choc bruyant que fit la porte en claquant contre la cloison. Puis une grande silhouette se découpa dans le chambranle.

La scène parut quasiment impossible à Memphis, irréelle même. Mais il comprit qu'il était pourtant confronté à une réalité tangible en voyant le visage déconfit du garde qui se tenait aussi figé qu'une statue.

Mike Memphis n'était pas un guerrier mais il savait quand même reconnaître une arme lorsqu'il en voyait une, et c'était bien une arme qu'il voyait pointée dans sa direction. Elle lui semblait terrifiante et il n'était pas non plus payé pour être courageux.

Bolan avait fait rapidement le tour de la pièce du regard et, désignant l'un des sièges en face du bureau de Mike le Véreux, il ordonna au vigile :

— Va t'asseoir et ferme-la!

Puis, fixant le personnage qui se trouvait derrière le bureau :

— Salut, Mike, ça va les affaires?

Le businessman se torturait à toute vitesse la cervelle, se demandant qui pouvait être ce fumier qui se pointait comme ça dans son bureau en pleine nuit. Ce grand type s'adressait à lui comme s'il le connaissait. Pourquoi était-il là ? Il aurait voulu le lui demander d'un ton cinglant, mais aucun son ne franchissait ses lèvres qui semblaient soudées par la peur.

Enfin, au bout d'un interminable moment, il réussit à ânnoner :

— Que... que voulez-vous ?...

Bolan eut un froid sourire :

— Deux choses... D'abord que tu me dises où est David Scoloda. Ensuite, tu me parles gentiment de ton rôle.

— Mais... Mais je... je...

— Perds pas ton temps, tu n'en as plus beaucoup. Et si tu comptes sur l'aide de Ralph, dis-toi qu'il est parti pour une balade en enfer. Alors parle !

Le monde s'écroulait subitement autour de Mike. Une minute auparavant, tout allait pour le mieux, il s'enrichissait et se réjouissait de ses fructueuses affaires. La minute suivante, le diable le menaçait d'une arme affreuse et lui posait des questions grinçantes... Son cerveau ne connectait plus avec la réalité.

— Tu te décides ? fit Bolan.

— Ecoutez... Vous devez vous tromper...

— Il n'y a pas d'erreur, Mike. Pour la dernière fois : où est David Scoloda et quel est ton rôle dans le business local ? Le reste, je m'en fous.

— Heu... David est dans le Connecticut...

Ça, ce n'était pas un secret. L'information ne mettait pas Memphis en danger vis-à-vis de l'Organisation.

— Où ? Précise.

— A Rhode Island.

— C'est pas très loin de Boston. Qu'est-ce qui se passe là-bas ?

— Je ne sais pas... juste un terrain sans valeur.

— Depuis quand tes potes les *amici* s'intéressent-ils à des choses sans valeur ?

— C'est pas mes oignons, vous savez. Peut-être qu'il y a un intérêt quand même, quelque chose que j'ignore.

— Et quel est ton job dans tout ça ?

— Je ne suis qu'un acheteur. M. Carmitcher choisit un terrain, va le voir, et me demande ensuite de l'acheter au nom de la société...

— Où trouve-t-on Carmitcher ?

— Il est là-bas aussi.

— Tu es sûr ?

— Pourquoi je vous mentirais ?

— Parce que tu es une ordure habituée à raconter des histoires vaseuses pour se tirer du pétrin. C'est la maladie des gens de ton espèce.

— Je vous jure que je vous ai dit la vérité.

A cet instant, le jeune voyou se dressa brusquement de son fauteuil, brandissant un petit automatique qu'il venait d'extraire d'une de ses bottes. Ce fut le premier et dernier acte de bravoure stupide que Bolan lui accorda. Le Beretta se pointa automatiquement vers lui à la vitesse de l'éclair et cracha la mort par deux fois avant de reprendre sa position initiale, en face de Mike qui se lançait vers une porte secondaire de son bureau.

L'arme sinistre toussa une nouvelle fois et mit fin aux rêves de richesse facile de Mike le Véreux.

Bolan contourna le bureau, parcourant rapidement les papiers qui se trouvaient dessus, fouilla brièvement la pièce, emporta ce qui lui semblait le plus intéressant, et se replia comme il était venu, telle une ombre lugubre qui sonne aux portes de la mafia pour y déposer un vent de terreur.

CHAPITRE III

Bien que sans lune, la nuit piquetée d'étoiles était relativement claire. Ils avaient abandonné près du hangar principal le gros camion qui avait servi au nouvel arrivage de filles. Une cinquantaine de mètres plus loin, une grande bâtisse était enveloppée dans une semi-clarté qui permettait de distinguer les hommes occupés à surveiller les alentours, sur le perron principal.

David Scoloda tendit une main caressante vers la cuisse de la fille blonde et plantureuse allongée sur le divan à côté de lui. Lui-même était installé dans un rocking-chair et se balançait mollement, les yeux fermés, les traits légèrement tendus. La fille se tortilla un peu sur le divan. Elle semblait dormir. Le mafioso se redressa pour saisir un verre disposé à sa portée sur une petite table. Il lampa une gorgée de whisky qu'il fit tourner plusieurs fois dans sa bouche avant de l'avaler et respira profondément. La blonde geignit doucement dans son apparent sommeil.

A quelque distance, un grand type dégingandé braquait un regard concupiscent en direction du divan.

— Dis, David..., déclara-t-il subitement. Pourquoi on se la ferait pas avant d'la foutre avec les autres !

— Fous-moi la paix, Ax, grogna Scoloda. C'est pas le moment.

Le dénommé Ax le Marteau, Axel Framer, simple chauffeur pour David Scoloda, n'était pas vraiment l'intelligence personnifiée, d'où son surnom, mais il sentit bien que son boss était tendu, et ce n'était pas le moment de penser à la bagatelle.

David avait au préalable minutieusement examiné et revu les détails de l'opération avec ses gars, et tout semblait aller au poil. Cet arrivage était de qualité, le petit avocaillon avait rempli son rôle parfaitement. Il valait mieux pour lui que tout soit en ordre. Mais malgré l'impression de travail bien fait, David avait un mauvais pressentiment qu'il ne parvenait pas à définir. C'était juste une intuition.

— David ! Qu'est-ce qu'on fait avec la fille ?

— Tu vas la mettre avec les autres dans la salle de formation, Ax !

— O.K.

— Et tu fais en sorte qu'elle se réveille rapidement, on a assez perdu de temps, vu ?

— Oui, David, comme tu veux.

La salle de formation n'était rien d'autre qu'une immense pièce au premier étage de la bâtisse où se trouvaient déjà quatre ou cinq filles aux visages absents, qui semblaient toutes détachées de la réalité. Lorsque la porte s'ouvrit sur Ax le Marteau et la nouvelle arrivante, aucune ne sembla les remarquer.

— Salut, mes beautés... je vous amène une copine. Prenez bien soin d'elle.

A ces mots, Ax éclata d'un rire gras, un rire à l'échelle de son intelligence. Il redescendit ensuite au rez-de-chaussée à l'instant où un homme trapu, aux épaules immenses, faisait son rapport à Scoloda.

— Tu es sûr que personne ne peut venir fouiner ici ? s'enquit ce dernier.

— Ça va, David, tout est tranquille pour l'instant.

Bull Gorgy, le chef des gardes, gonfla son énorme poitrine, poussa un soupir qui ressemblait à une miniéruption volcanique.

— Mais j'vais voir si les gars roupillent pas, ajouta-t-il.

Il pivota pour s'éloigner, passa rapidement en revue plusieurs hommes de garde sur le perron et dans le jardin, puis il entra dans une pièce donnant sur l'arrière de la maison. Un homme s'y tenait assis à califourchon sur une chaise, le canon d'un pistolet-mitrailleur appuyé contre le dossier.

— Ça va ? souffla Bull.

L'homme répondit sans détourner la tête :

— Ça irait mieux si on m'avait filé cette pute qui vient d'arriver, pour passer le temps...

— Pense plutôt à bien tenir ton flingue, coupa sèchement Bull.

— Te casse pas ! Je blaguais, quoi.

— David n'aime pas ce genre de blague.

— Ouais... Dis-moi, où elles vont ensuite, ces nanas ?

— David n'aime pas non plus ce genre de question, Tim. Tu devrais t'en souvenir. Mets-toi le cul au frais et pense au pognon que l'opération va te rapporter.

⁂

L'entrepôt était situé un peu à l'écart de la plus grande zone industrielle de Providence. Bolan avait fait rapidement le court voyage depuis Boston. Il avait trouvé l'adresse de ce qui semblait être un point de transit pour cette histoire de filles, dans les papiers ramassés chez Mike Memphis. Depuis qu'il observait les lieux, trois camions s'étaient engouffrés dans le grand hangar plat et un quatrième franchissait en ce moment la barrière grillagée d'accès à la cour.

L'Exécuteur se tenait en attente à l'orée d'un petit bois proche, scrutant l'endroit et les mouvements de troupes, observant le manège de six hommes armés de fusils qui se promenaient dans l'enceinte en suivant un parcours invariable. Deux autres se tenaient près de la barrière.

Aucun doute, il s'agissait bien d'un fief de la mafia. Bolan avait l'impression que ce hangar ne pouvait être que l'arbre qui cache la forêt. Ses intentions étaient de brancher un bug électronique relié à une O.S.C. 47 THOMSON — une mallette d'écoute à distance modèle « Thomson Operant System Communication » — qu'il avait prélevée dans son char de combat déguisé en mobil-home. Il lui fallait se renseigner plus en détail avant de décider de la méthode à employer pour nettoyer ce nid de la mafia. Mais dans un premier temps il fallait localiser puis récupérer Shirley O'Lynn.

Pour la circonstance, l'Exécuteur avait enfilé sa sinistre combinaison de combat noire. L'énorme AutoMag lui pendait sur la hanche droite dans un étui spécial. Il avait pris soin de se pourvoir en chargeurs de rechange. Malgré son équipement offensif, Bolan avait l'intention d'opérer une pénétration en douceur de la place ennemie. Il n'allait pas lancer d'attaque de front, mais plutôt travailler en finesse. Ce qu'il fallait, c'était infiltrer la fourmilière afin de placer les éléments qui lui permettraient la connaissance parfaite des positions de l'adversaire.

Il jeta un coup d'œil à sa montre : une heure quinze du matin. Les *amici* avaient attendu cette époque de la nuit pour réaliser leurs curieux mouvements routiers, sous l'œil vigilant de gros bras armés jusqu'aux dents.

Bolan était toujours en poste d'observation lorsque la barrière s'ouvrit une nouvelle fois pour laisser sortir une camionnette aux parois vitrées qui rejoignit rapidement la route goudronnée. Il reconnut le visage de l'un des occupants du véhicule. La mafia faisait sortir les civils. Selon toute vraisemblance, cela signifiait que l'opération était terminée pour la soirée.

Le moment était venu de passer à l'action.

Une forme sombre se redressa silencieusement dans la nuit. Harnachée de sa panoplie meurtrière, Bolan se mettait en marche vers la planque de la mafia. Il déboucha dans la grande bâtisse après avoir dépassé sans bruit les gardes de l'entrée principale. La découpe du grillage n'avait posé aucune difficulté à l'Exécuteur et, dès qu'il s'encadra dans l'ouverture du hangar, il entendit le bruit d'une discussion :

— Le bahut pour Boston est parti depuis une heure, David nous appellera à son arrivée.

— Bien, et les autres ?

— Pas de problème, fret en règle, cargaison réglo.

— O.K., tu passes un coup de bigo à Lino et tu lui dis que tout s'est déroulé sans pépin.

— Bien, Bert ! J'le fais de suite.

— Bertrand ! C'est Bertrand Galiani, pas Bert ! Vu ?

— Ouais, t'excite pas, Bertrand ! C'est vu.

Dissimulé derrière une pile de caisses, Bolan nota instantanément les informations à tirer de cette discussion. Deux noms : Lino — qui ne pouvait être que Lino Pellini — et Bertrand Galiani, des locaux que Bolan ne connaissait pas physiquement en arrivant dans le Massachusetts. Au bout d'un moment, les deux mafiosi s'éloignèrent et Bolan sortit de son abri improvisé pour se diriger vers un bureau vitré attenant au hangar. Une fouille rapide des lieux ne lui fit rien découvrir de vraiment intéressant, à l'exception de quelques papiers sur une table ainsi qu'un carnet de notes. Il consulta sa montre. Il avait commencé son opération onze minutes plus tôt. C'était déjà beaucoup trop de temps passé sur les lieux. Il plaça les différents systèmes d'écoute ultra perfectionnés aux endroits sensibles et mit en place les bugs sur les lignes téléphoniques avant de se replier.

Il partit silencieusement vers la route, ne laissant aucune trace de son passage, prenant même le soin de replacer le grillage découpé.

A l'approche de Providence, l'Exécuteur engagea son véhicule sur le parking d'un motel, le fit stopper devant la chambre 103 qu'il avait louée. Il s'enferma dans la pièce exiguë où trônaient un lit et un téléviseur datant de l'époque héroïque. Après étude des papiers et du carnet de notes récupérés dans le hangar, Bolan en déduisit que la couverture était double, ce qui était très plausible, vu le mode de pensée tordu des *amici* qui se méfiaient de tout et de tous, y compris de leurs pairs.

En recoupant ses premières informations avec celles qu'il venait de récupérer, il pouvait voir se dessiner un scénario assez précis et bien plus compliqué que la simple traite de Blanches. Cela commençait à justifier la présence de gros pontes dans cette histoire tordue.

Bolan avait mis dans le mille, et Shirley O'Lynn n'était qu'un tout petit maillon qui, maintenant il en était sûr, devait le conduire vers un gros coup, bien qu'il ne puisse définir encore de quoi il s'agissait exactement.

Il brancha son O.S.C. 47 en réception automatique, s'allongea sur le lit et se relaxa. Peut-être l'appareil allait-il lui apporter un peu de lumière sur ce qui se tramait réellement au Massachusetts.

Vers 9 heures du matin, Bolan entendit l'enregistreur se mettre en fonctionnement. Il plaça le casque d'écoute sur sa tête et perçut nettement la sonnerie téléphonique. Au bout de quelques secondes le combiné espionné fut décroché.

— Salut. Passe-moi Lino, c'est Sam à l'appareil.

— M'sieur Sam, Lino n'est pas là...

— Tu lui dis de me rappeler, dès qu'il arrive, O.K. ?

— Oui, m'sieur.

Les micros supplémentaires que Bolan avait placés pendant la nuit entrèrent en action à leur tour. Les déclics de la composition téléphonique se firent entendre très nettement et, après une courte attente, Bolan put entendre une autre conversation :

— M'sieur Lino ?

— Ouais !

— C'est Fill !

— Salut, Fill, qu'est-ce qu'il y a ?

— M'sieur Sam vient d'appeler, il veut que vous le rappeliez de suite.

— C'est bien, Fill, tout est en ordre, j'vais le rappeler. Ça va là-bas ?

— Oui, m'sieur Lino, rien de spécial.

— Très bien, t'es un type sérieux. Continue ton job, je passerai dans la journée.

— Oui, m'sieur Lino, au revoir.

Grâce aux tops de l'enregistrement et à son matériel électronique, Bolan put mettre en évidence le numéro téléphonique du dénommé Lino. Ensuite, à travers une banque de données, il ne lui fallut pas plus de deux minutes pour obtenir les coordonnées de ce numéro :

International Trades Consultants :

M. Samuel Carmitcher, M. Lin Fletcher, The Real-Estate Business.

224 River Street, building West, Boston.

Tout se recoupait donc. La piste suivie par l'Exécuteur menait assez facilement à un point de convergence de gros bonnets mafieux. Peut-être même un peu trop facilement.

⁂

L'immeuble situé au N° 224 de River Street était une assez belle bâtisse datant des années soixante-dix.

Utilisant l'une des nombreuses « fausses cartes officielles » qui faisaient partie de sa panoplie, l'Exécuteur était devenu temporairement un honorable employé de la compagnie des téléphones de Boston. Il avait tranquillement installé son système d'écoute à distance sans qu'aucune personne présente à l'heure du déjeuner ne le gêne. Il n'y avait d'ailleurs à la réception des locaux de Carmitcher et consort qu'une secrétaire plus inquiète de voir sécher son vernis à ongles que de savoir réellement ce que faisait cet employé du téléphone.

Ensuite, en planque dans sa Buick, Bolan n'eut pas longtemps à attendre avant de récolter les fruits prometteurs de ses écoutes. Le micro principal, placé dans le hall d'entrée de l'« International Trades Consultants », déclencha automatiquement la mise en route de l'enregistreur.

Une voix féminine se fit entendre juste après l'ouverture d'une porte.

— Bonjour, monsieur Fletcher !

— Salut, poupée ! fit une voix un peu rauque. Rien de spécial ?

— Non, monsieur Fletcher.

Bolan sourit, eut une pensée joyeuse pour la secrétaire qui n'avait eu, en compensation de sa jolie frimousse, le jour de sa naissance, qu'une esquisse de cervelle.

— Bien, poupée, je n'y suis pour personne. O.K. ?

— Oui, monsieur Fletcher.

Un bruit de porte claquée succéda à la discussion

et le deuxième micro se déclencha à son tour, laissant entendre une série de déclics d'appels. Après quelques secondes, le bug distribua ses informations au magnétophone du O.S.C. 47 :

— Bureau de M. le sénateur Lonnie Randall, j'écoute.

— Bonjour, je voudrais parler au sénateur Randall.

— Vous êtes monsieur ?

— Dites-lui Lino, il comprendra.

— Bien, monsieur. Ne quittez pas, je vais voir si le sénateur est disponible.

Bolan était de plus en plus intéressé par cette conversation. Quel pouvait être le point commun entre un sénateur américain connu et réputé, et une crapule de la mafia ? L'argent, la drogue ? La réponse explosa simultanément dans sa tête et dans le casque d'écoute.

— Lino ?

— Comme de juste, sénateur !

— Mais je vous ai déjà dit de ne pas m'appeler ici !

— Lonnie, mon p'tit Lonnie... tu devrais pas prendre tout à cœur comme ça !

— Ne m'appelez plus ici et ne me contactez plus ! Je n'ai rien à voir avec vous officiellement et...

— Oh, oh ! Rien à faire avec moi... ? Comment va Suzie, monsieur le sénateur...

A ces mots, un lourd silence commença à apporter plusieurs réponses aux questions que Bolan se posait.

— Je... je... je ne sais pas. Bien, je crois...

— Moi je ne crois pas. Je sais. Elle va bien... Mais elle a un gros défaut.

— Ah, oui ? Lequel ?

— Elle parle beaucoup, sénateur, beaucoup de vous ! Elle vous appelle son chou...

— Ecoutez, je vous ai déjà donné ce que vous vouliez, je ne peux rien faire de plus...

— Il va falloir faire un effort, mon chou ! Ce serait dommage que les discussions de Suzie s'étalent en première page d'une vulgaire feuille de chou, non ?

Un gros rire passa dans les écouteurs.

— Vous ne feriez pas ça ! s'exclama Randall.

— Oh si, je le ferais !...

— Bon, que voulez-vous encore ?

— Voilà, tu redeviens raisonnable. Tu verras, c'est rien du tout pour toi.

— Et à quoi correspond ce rien du tout ?

— Très simple. J'ai un petit arrivage dans deux jours et faudrait qu'on en discute, toi et moi. J'aimerais pas avoir de curieux lors de cette petite opération... vu ?

Trois longues secondes passèrent, puis :

— Oui !... 18 h 30 ce soir à l'endroit habituel, ça vous convient ?

— C'est parfait, sénateur. A ce soir.

C'était donc ça, la même vieille rengaine remise au goût du jour et du pays ! Trafic d'influence sur des politiciens via ces malheureuses, pour permettre à la mafia de mener ses petites affaires illégales en toute tranquillité.

Si c'était bien Ange Castellano qui en manipulait les ficelles, il ne s'agissait sûrement pas d'une simple opération locale. L'Exécuteur connaissait bien ce qui faisait courir le prétendant au trône de

Cosa Nostra : l'argent, la puissance qui en découlait, le pouvoir... Quels qu'en soient les moyens. La compromission de politicards constituait évidemment un excellent moyen pour lui de parvenir à l'aboutissement de ses immondes desseins.

Un nouveau marché, mais à grande échelle. Au niveau national, avec un point de départ nommé Boston.

La pauvre Shirley s'était retrouvée mêlée à cette gigantesque opération tout à fait par hasard, et ce même hasard avait conduit l'Exécuteur jusqu'ici. Oui, elle voyait grand, la mafia, mais elle avait oublié une carte... Une carte noire et mortelle.

CHAPITRE IV

A 18 h 25, l'honorable sénateur Randall franchissait les portes du Lovely Dream. L'établissement n'était pas un bar spécialement réputé pour sa clientèle, mais ce n'était pas non plus la principale préoccupation du sénateur pour le moment. Lonnie Randall promena son regard de chien battu en direction du comptoir qui semblait déborder de monde plus ou moins louche. L'espace d'une seconde il remarqua un grand type qui se détourna pour commander un autre verre. Il n'avait croisé son regard qu'un court instant mais une force étrange semblait émaner de cet être.

Il ne demeura pas longtemps dans ses réflexions. Lino Pellini — Lin Fletcher pour le business — s'avançait dans sa direction, les mains en avant en signe de bienvenue, comme le font de vieux camarades.

— Sénateur ! Comment vont les affaires ? Je suis content de vous revoir.

— Je ne peux pas en dire autant, déclara lugubrement Randall.

— Allons, vous n'allez pas être désagréable... Venez, j'ai une table tranquille un peu plus loin.

Bolan avait eu quelques difficultés à « filer » dans un premier temps Lonnie Randall, pour ensuite le précéder dans ces lieux, renommés à Boston pour être le rendez-vous de la mafia locale. Lino devait être sûr de son immunité pour donner rendez-vous au sénateur dans ce lieu.

L'Exécuteur n'avait jamais vu le politicien autrement qu'en photo dans des magazines, ou à la télévision : un visage sympathique à l'expression volontaire, des yeux clairs, des lèvres qui souriaient souvent avec ironie. Mais, en l'instant, Randall n'avait rien de volontaire ni d'ironique. Malgré le masque qu'il tentait de se composer, son expression était celle d'un homme aux abois pris aux tripes par des ordures expertes en matière de compromission.

Le nouveau système d'écoute portatif que Bolan comptait utiliser dans ce bar était vraiment le dernier cri de l'électronique moderne : un petit H.P M-308A de chez Motorola Corp, pas plus gros que deux têtes d'allumettes dans le creux de l'oreille, un amplificateur multi-directionnel de la taille d'une cigarette dont il avait l'apparence, le tout autonome en énergie pour une durée de trois heures trente. Ce gadget se révéla des plus efficace lorsque la conversation s'engagea entre les deux personnages qui venaient de s'asseoir au fond de la salle.

Lino Pellini s'adressa à Randall en lui tendant une coupe de faux champagne français :

— Sénateur, on est dans le même bateau, pas vrai ?

— Non, merci Je n'ai pas soif !

— Comme vous voudrez. On est quand même dans le même bateau. Mais vous ne me facilitez pas la tâche.

— Ecoutez, Pellini, dites ce que vous avez à dire et qu'on en finisse.

— Oh, oh ! Voilà mon beau sénateur tout regonflé. Vous avez croisé un lion en venant ?

— Pellini, je...

— Ta gueule, sénateur de mes fesses ! Je te tiens par les couilles et tu le sais bien. O.K. ? Moi, c'est monsieur Pellini, toi tu fais ce qu'on te dit et tout continue comme avant. Sinon... j'te fais pas un dessin.

Lonnie Randall était devenu blême. Toute sa grandeur sombrait d'un coup. Sa lâcheté le dégoûtait. Se dégonfler était d'ailleurs ce qu'il avait toujours su faire le mieux.

— Que voulez-vous que je fasse ? demanda-t-il d'un ton résigné.

— C'est bien, sénateur. On est des gens civilisés, non ? On ne va pas s'énerver pour de petits égarements ? Ecoute-moi bien et tu verras, ce n'est vraiment pas très compliqué pour toi.

Bolan commanda un café, replaça la casquette qu'il portait de façon à cacher le petit écouteur et joua avec la cigarette-amplificateur. Un étranger à la situation n'aurait constaté que le geste bien naturel d'un fumeur. Ce qu'il pouvait entendre maintenant lui faisait comprendre de manière précise l'infernal montage imaginé par les *amici*. Pellini demandait, ou plutôt ordonnait, au sénateur-pantin de faire en sorte qu'un certain secteur soit « propre » de tout flic ou officiel pendant quarante-huit heures, afin d'assurer une livraison très spéciale. Bolan se doutait de ce que « très spéciale » pouvait englober. Les noms des villes concernées en disaient long sur l'étendue du projet.

Une grande opération. Oui il était vraiment tombé sur du « très gros »...

Pellini dit encore à Lonnie Randall :

— Alors, c'est bien compris, Lonnie, tu contactes tes petits copains, et je veux la paix sur tout le territoire.

— Oui, je comprends parfaitement, je ferai le nécessaire...

— J'en suis sûr, mon p'tit Lonnie!

Pellini se leva et, tout en se dirigeant vers la sortie, fit un signe de la main en pointant son index vers le sénateur. Ce dernier avait le visage plus blanc que la chemise de soie qu'il portait.

Accompagné de deux de ses hommes, Lino Pellini descendit de la voiture de tête près de l'immeuble où se situaient les bureaux de « International Trades Consultants ». Une heure seulement s'était écoulée depuis son rendez-vous avec le sénateur Randall. Tout se déroulait avec précision. Lino donna quelques ordres aux hommes de son équipe qui devaient garder les locaux de la Compagnie.

— Ne vous éloignez pas des bureaux, ne vous relâchez pas et gardez les yeux et les oreilles ouvertes. Ne laissez personne s'approcher de mon bureau. Je vous appellerai quand je n'aurai plus besoin de vous ici. Soyez prêts à partir aussitôt.

Bolan observait la scène depuis la Buick de location. Les vitres teintées de cette dernière ne laissaient dépasser qu'une infime partie du système d'écoute à distance.

— O.K., patron ! En cas de problème on vous contacte où vous savez ?

— Non, contactez-moi à l'hôtel Hamilton, mais seulement pour une très bonne raison, vu ?

— Ouais, patron. Pas de problème.

L'Exécuteur savait maintenant où devait se produire le premier contact de Lino Pellini. Il ne lui restait plus qu'à y être avant lui.

Quittant River Street, Bolan engagea son véhicule dans Metropolitan Avenue, accélérant doucement vers le centre-ville. Il dépassa la principale gare de Boston, puis les immeubles administratifs, et bientôt la toute récente bibliothèque d'Etat.

Mais l'Exécuteur ne se dirigeait pas vers le centre-ville. Boston ne l'intéressait pas. Il voulait gagner la banlieue chic de la cité et avait emprunté Metropolitan Avenue pour éviter de se perdre dans les dédales des rues truffées de sens uniques. Poussant la Buick à vive allure, il emprunta la longue ligne droite de Washington Street jusqu'à Franklyn Park, puis City Hospital avant de bifurquer vers Fenway Park.

Il n'était plus très éloigné, maintenant. De vastes étendues gazonnées succédaient aux grands immeubles de copropriété. L'hôtel Hamilton lui apparut d'un coup.

Sam Carmitcher, alias Samuel Carmi, était mécontent, et non sans raison. En professionnel accompli, habitué à la perfection dans tout ce qu'il entreprenait, il avait par nature une difficulté certaine à admettre l'échec. Cela le rongeait, bouleversant son amour immodéré de l'ordre et le privant de la jouissance suprême qu'il éprouvait à maîtriser les situations. En l'occurrence, il avait investi une année de son temps et vingt bâtons du fric d'Ange Castellano pour s'assurer le contrôle parfait et sans bavure de l'opération en cours. Et voilà que le coup d'envoi risquait d'échouer lamentablement, déjoué, foutu en l'air par des forces inconnues qui avaient flanqué le bordel à Boston.

Sam savait qu'il n'avait pas droit à l'erreur. Le soutien de Manhattan ne durerait que si la direction de Boston continuait à fonctionner sans à-coups. Il devait passer sous silence les problèmes survenus à Boston, sous peine de voir son crédit, et bien plus, annulé. Puis il se détendit en pensant au bon boulot que Lino effectuait en ce moment. Encore quarante-huit heures et il serait un grand parmi les grands, plus de problèmes, c'était possible même avec cette histoire de Boston.

Oui, il n'avait besoin que de quarante-huit heures.

Pellini arriva à 19 h 45 à l'hôtel Hamilton. La pluie avait cessé son battement lancinant, mais le ciel restait nuageux et, de ce fait, la nuit tombait plus tôt que d'habitude.

Au volant de la Buick, l'Exécuteur pouvait surveiller à loisir la façade principale de l'hôtel. Lino Pellini en ressortit à 19 h 55, accompagné de deux gars que Bolan ne connaissait pas. Ceux-là n'avaient pas des têtes d'autochtones, pas non plus des visages d'anges. Bolan les suivit jusqu'à une grande villa où la plaque d'entrée affichait le nom du sénateur Orlando Hoffer.

Ça sentait la magouille politicarde à plein nez.

Au moment où Pellini et les deux inconnus arrivèrent sur les lieux, un des types postés à l'entrée se précipita pour ouvrir la porte de leur véhicule. Bolan le reconnut au premier coup d'œil : Julio Palmina, dit « Stone Head », ainsi nommé par ses copains de Seattle. Il avait travaillé quelques années là-bas avant d'être récupéré par Lino Pellini. Stone Head avait pour vilaine habitude de finir ses victimes à coups de tête.

Mais Pellini l'utilisait surtout pour ses qualités d'organisation et de meneur d'hommes.

Bolan fit plusieurs photos des deux inconnus, à l'aide d'un appareil de prises de vues informatiques, et décida de contacter son ami Harold Brognola afin d'obtenir de plus amples informations concernant les deux nouvelles têtes.

Retournant au parking où il avait garé son char de guerre, il composa le numéro qui allait sûrement lui apporter un peu plus de lumière sur ce qui ressemblait de plus en plus à une opération internationale de trafic de filles, trafic d'influence politicienne, et sûrement plus encore.

— Hal?

— Oui. Où en es-tu depuis hier?

— J'aimerais pouvoir te raconter, mais c'est plutôt brûlant et je ne tiens pas à prendre de risques.

— C'est toi qui me dis ça?

— Le terrain n'est pas très fiable. Je dirais même que c'est tout le contraire. Il y a ici des gens très en vue qui font partie intégrante de la grosse machine mafieuse.

— Tu es vraiment sur un gros truc...

— On ne peut plus grand.

— Le Massachusetts est pourtant un Etat calme et tranquille.

— C'est sans doute pour ça que les *amici* y ont établi un Q.G.

— Bon. Tu vois les choses de quelle façon ?

— Je vais devoir rentrer carrément dedans.

— Ne me dis pas que tu vas remettre ça.

— Je ne vois pas d'autre moyen. Mais avant, j'ai besoin de tes lumières sur deux nouveaux venus.

— Quelle spécialité, les nouveaux ?

— A toi de me le dire, mais si ce que je crois se révèle exact, alors j'ai décroché le jackpot ! Je t'envoie quelques clichés des deux gars par le modem de mon ordinateur. Je suis assez pressé par le temps et j'aimerais avoir une réponse par retour.

— Je ferai de mon mieux, Striker.

— J'ai aussi une personne à récupérer.

— Une amie de Toni. Je sais, je suis au courant depuis peu.

— Comment es-tu informé de ça, Hal ?

— Politicien m'en a touché quelques mots au téléphone.

Brognola voulait parler de Rosario Blancanales, le frère de Toni.

— Elle est tombée dans le plus classique des pièges.

— Ouais... c'est moche. Fais bien attention, ici il y a beaucoup de gens qui s'agitent à ton sujet. Et vu ma position, je ne peux rien faire pour les en dissuader.

— J'ai l'habitude. Donne-moi les informations rapidement.

— Dès que je les aurai, je te les fais parvenir.

— Balance-les-moi sur le répondeur du van.
— Tu as ton gros veau avec toi ?
— C'est de là que je t'appelle. Il contient tout mon matériel. Mais je ne pense pas en avoir besoin pour ce coup.
— D'accord. Heu, autre chose... Il faut que tu saches que deux limiers sont après toi.
— Seulement deux ?
— Ouais, mais des pro... Je ne pouvais pas intervenir sans me rendre suspect.
— Je comprends.
— Fais gaffe à toi.
— Promis.

Bolan expédia les photos par modem et regagna le module opérationnel de son char de guerre.

Vingt minutes s'étaient écoulées depuis l'entrée de Pellini à l'intérieur de la villa. Bolan décida qu'il était grand temps de regagner l'hôtel Hamilton.

Un coup de fil à la réception lui apprit que « monsieur Pellini » n'était pas encore rentré. Il dut attendre un peu plus d'une demi-heure pour voir le mafioso réintégrer l'hôtel et se diriger immédiatement vers sa chambre dans laquelle il s'enferma.

Pour le moment, l'Exécuteur en savait assez sur le personnage. D'autres renseignements l'attendaient sans doute dans son mobil-home.

En effet, l'enregistreur de bord avait fonctionné en son absence. Harold Brognola avait fait diligence pour lui obtenir les informations réclamées.

Bolan écouta le message, le ré-écouta, tandis que son visage se figeait graduellement.

Il s'était attendu à des informations importantes concernant les deux personnages aperçus en compagnie de Pellini. C'était bien mieux que ça.

L'un des deux inconnus était le Major Youri Stavichky, espion notoirement connu par la C.I.A et le F.B.I avant l'éclatement du bloc soviétique. Stavichky travaillait beaucoup plus souvent pour son propre compte que pour celui des services de renseignements russes. Il avait été impliqué, deux ans plus tôt, dans une énorme affaire de stupéfiants à Glendale, en Californie. Mais l'immunité diplomatique avait joué et il avait été simplement prié de quitter le territoire U.S. Ce qui ne l'avait pas découragé d'y revenir par un autre biais...

Le second, Pavlovski Nerevich, était un vulgaire dealer moscovite qui avait déjà sévi à New York en 1989.

Filles, politiciens, drogues, l'Exécuteur possédait maintenant tous les ingrédients qui composaient la nouvelle implantation d'un gigantesque réseau de drogue. Les pauvres filles comme Shirley ne servaient qu'à appâter les politiciens, qui servaient à leur tour de protection à cette opération internationale.

Boston en était le point de départ. Et Providence devait constituer le « centre de formation » pour les filles, en même temps que l'intendance pour ce projet.

D'autres villes servaient évidemment de maillons pour la grande distribution nationale.

Ainsi donc, Ange Castellano avait trouvé un nouveau moyen de se faire du gros pognon facile en moins de temps qu'il n'en faut pour y penser... L'idée n'avait rien d'original en soi, mais le montage de l'opération et les moyens utilisés, eux, présentaient une géniale singularité. Plus question des classiques filières constamment surveillées par les anti-stups et les gardes frontières. La Russie récupérait la marchandise dans les ex-pays satellites producteurs de came, puis fournissait le marché américain sous couvert de transports officiels à destination des nations européennes. La suite se passait à travers les échanges habituels entre le vieux continent et les U.S.A.

Bolan n'était pas encore certain de la méthode d'acheminement de la drogue, mais c'était la seule hypothèse capable de tenir la route. C'était astucieux et quasiment imparable. Et, en plus du fait de se remplir généreusement les poches, Ange Castellano s'assurait aussi la coopération d'une kyrielle de politicards qu'il tenait par leurs parties faibles...

Sam Carmitcher « l'Expéditeur » n'était que le maître d'œuvre local. Ce qui ne signifiait pas pour autant qu'il constituait un pion insignifiant, loin de là.

CHAPITRE V

Jerry Mac Lyman repoussa une pile de dossiers pour saisir le rapport qu'on lui avait remis quelques instants plus tôt. Récemment promu chef de section fédérale antigang à Boston, à trente-trois ans il était peut-être un peu jeune pour assumer la responsabilité de son poste, mais les policiers sous ses ordres ne trouvaient rien à redire à la situation. Son esprit vif et ses réactions vigoureuses garantissaient que Lyman n'était pas homme à s'enliser dans la paperasserie.

Il était dur et respectait peu les règles des vieux flics de métier. Pourtant, les événements ne s'étaient pas énormément améliorés depuis son arrivée à Boston. Une législation lourde et fortement ancrée dans les habitudes paralysait la majeure partie des actions qu'il tentait pour résoudre le problème constant du banditisme dans la cité portuaire. Quelques jours auparavant, il s'était rendu au siège du Bureau fédéral à Washington pour faire un rapport global de la situation et il avait fini par exploser en frappant de son poing la table de conférence, expliquant de quelle façon le vieux Boston avait changé, surtout dans le milieu du Crime Organisé. Ses supérieurs l'avaient alors écouté en le regardant d'un œil nouveau.

— Oubliez la routine! s'était-il rageusement écrié. Les petites industries illégales et pépères, les délits mineurs, les filles de la rue et les crimes passionnels... Le Massachusetts est l'un des Etats les plus populeux des USA et c'est aussi le centre culturel le plus important. C'est une ville du vingtième siècle, pas seulement un village qui a grandi au fil des siècles pour devenir une simple cité patchwork ! Il y a dans cette agglomération une kyrielle d'industries de toutes sortes, on y achemine par voies maritimes des denrées et des matériaux de toutes sortes, on y fabrique de l'engrais, on y fait des conserves, des produits surgelés, des couches pour les bébés et de la nourriture pour les chats et les chiens. Mais c'est aussi une ville universitaire... L'aéroport est l'un des plus importants des Etats-Unis. Il y débarque quotidiennement des milliers de touristes, des hommes d'affaires de toutes nationalités, et du fret y arrive et part dans toutes les directions...

Après une courte pause pour reprendre son souffle, Lyman avait poursuivi :

— C'est pour ça que la mafia s'est installée à Boston, pour y opérer un trafic à un niveau international. Le nombre d'organismes policiers est pléthorique et il m'est évidemment impossible de les contrôler tous. Je ne peux obtenir aucune cohérence réelle entre ces différents services, je suis personnellement cantonné à une poignée d'agents et quelques experts légaux. Alors, comment voulez-vous que j'obtienne des résultats contre la pègre qui sévit dans la ville dont vous m'avez confié la responsabilité? Ça revient à vouloir déplacer tout seul une montagne. Pour l'instant, je suis en train de jouer les Sisyphe. J'ai besoin, non seulement d'effectifs, mais aussi de moyens spéciaux...

Il s'était tu pour boire une gorgée du verre d'eau placé devant lui, brusquement conscient qu'il prêchait dans le désert.

Chacun des policiers haut gradés et les responsables fédéraux présents lui avaient prêté une attention courtoise ou tout simplement polie, mais Lyman avait senti qu'aucun d'eux ne lèverait le petit doigt pour lui donner les effectifs et les vrais moyens dont il avait besoin pour assurer la tranquillité de Boston. Les problèmes étaient partout. Boston n'était qu'un cas parmi tant d'autres et les grosses légumes officielles n'avaient visiblement pas l'intention de souffrir d'insomnies pour lui venir en aide.

De retour à son Q.G., Lyman se trouvait à son bureau et potassait les rapports de police. Il lisait rapidement les documents qui s'accumulaient devant lui lorsque le téléphone se mit à sonner.

— Mac Lyman à l'appareil.

Le téléphone lui envoya dans les tympans une voix bien timbrée, à la fois grave et ironique :

— Est-ce que votre ligne est propre, Lyman?

— Je l'espère. Qui est à l'appareil?

— Il est préférable que vous ne le sachiez pas tout de suite. Vous comprendrez en m'écoutant.

— Extra! De quoi allez-vous me parler?

— Le Crime Organisé est votre spécialité, n'est-ce pas?

— C'est ce qu'on dit, répliqua prudemment le flic fédéral. Quelle est la vôtre ?

— La même, mais je m'y prends différemment. Le nom de Sam Carmi évoque-t-il quelque chose pour vous ?

— Ça se pourrait, oui.

— Ne soyez pas modeste, Lyman. Ce nom est partout dans vos dossiers.

— Admettons. Où voulez-vous en venir ?

— J'ai quelques détails de plus au sujet de ce type. Carmi dirige une opération de très grande envergure grâce à plusieurs hommes de paille. L'International Trades Consultants est son P.C. pour de vilaines transactions. A partir de là, il contrôle une multitude de filières à destination des principales villes de la côte Est, y compris New York et Washington. Trafic de filles, trafics politicards, trafic de drogue. C'est lui qui dirige tout. Vous découvrirez des choses intéressantes si vous arrivez à éplucher un peu les lieux.

— Attendez ! Je prends des notes.

Le ton de Lyman devenait subitement passionné.

— Les bureaux de l'International Trades Consultants se trouvent au 224 River Street, building West, poursuivit la voix grave. C'est une couverture pour l'Organisation.

— Que pouvez-vous me dire encore ?

— Que tout risque d'exploser dans très peu de temps. Si vous voulez ces renseignements, il va falloir vous dépêcher.

Jerry Mac Lyman s'esclaffa :

— Dites... Ne seriez-vous pas habituellement vêtu de noir ?

— Exact. Vous pigez vite. Ça vous dérange ?

— Pas le moins du monde. Mais pourquoi me contactez-vous personnellement ?

— Parce que je pense que je peux vous faire confiance, Lyman. Si je me trompe, ça peut me coûter très cher, mais on m'a laissé entendre que vous n'êtes pas *a priori* contre mes méthodes de travail.

— Je vois ! fit pensivement le G'man. Et qu'est-ce que vous voulez en contrepartie de vos informations ?

— Rien d'autre que la neutralité de vos hommes.

— Vous voulez dire, une collaboration ? C'est impossible.

— Ce n'est pas ce que j'ai dit. J'ai prononcé le mot neutralité. Ça vous effraie ?

— Non. Mais ça me semble, disons... risqué.

— Ce qui est risqué, c'est de laisser les crapules faire la pluie et le beau temps dans votre ville, mon vieux.

— Je le sais, hélas !

— Alors ?

— J'essaie de calculer ce que ça pourrait me coûter.

— Rien du tout. Ou beaucoup, ça dépend de vous. Il faut que je sache tout de suite, Lyman. C'est oui ou non ?

— Attendez. J'ai moi aussi une information à vous communiquer, ça vous intéressera sans doute. Il y a deux gars du Bureau fédéral de Washington qui sont passés me voir tout à l'heure. Ils vous pistent. Je les connais bien, on a parfois travaillé ensemble. Et l'un d'eux est persuadé que le nettoyage qui s'est déjà opéré en ville est de votre fait.

— Oui, c'est exact. Mais qu'est-ce que des agents de Washington viennent faire dans le Massachusetts ? Vous êtes le représentant à Boston du FBI, non ?

— Ils travaillent au niveau international. Ils ne m'ont pas donné de détails, mais j'ai compris que ce qui se passe en ce moment à Boston a des ramifications lointaines.

— Vos renseignements se tiennent, Lyman.

— Je crois qu'il leur serait possible d'envisager un arrangement avec vous. Qu'est-ce que vous en dites ?

— Je ne suis pas un flic.

— Ça je le sais !

— Et eux le savent aussi ? fit le correspondant, ironiquement.

— Ils savent évidemment qui vous êtes, et s'ils ne savent pas exactement où vous vous trouvez, du moins ils sont sûrs que vous êtes à Boston.

— Autrement dit, ils vous ont demandé des précisions ?

— C'est à peu près ça. Lorsqu'ils m'ont fait cette demande, je n'en étais pas encore sûr.

— Et maintenant ?

Le Fédé eut un petit rire.

— Ça me fait presque plaisir de parler avec vous.

— Presque ?

— Il faut bien que j'émette des réserves, des fois qu'il y ait une écoute sur ma ligne.

— Vous faites du bon boulot, Lyman. Bon, dites aux deux limiers que s'ils sont d'accord pour l'arrangement je me trouverai dans deux heures près de Hyde Park. Leur véhicule devra être équipé d'une radio V.H.F. Donnez-moi la fréquence, je les trouverai.

Lyman consulta une note sur son bureau, égrena quelques chiffres, puis son correspondant raccrocha. Il sortit de son bureau, appela immédiatement son assistant. Annulant toutes les directives en cours, il fit mettre ses hommes en attente, puis passa deux coups de téléphone à l'hôtel de ville. Il parla d'abord prudemment à un juge fédéral et ensuite à un avocat fédéral. Les deux communications le rassurèrent.

Aussitôt après, il appela Washington et réussit à avoir en ligne le numéro Deux du Justice Department.

— Je suis dans une situation spéciale, monsieur Brognola, déclara-t-il. Et je me demandais si vous pourriez me conseiller...

— Expliquez-moi de quelle situation il s'agit.

— Ce n'est pas facile. Eh bien voilà... Il s'agit d'une personne qui est très recherchée par tous les services officiels du pays et qui... qui vient de m'appeler au téléphone.

— Vous dites que vous avez eu une conversation avec lui ?

— Exactement, monsieur. A cette occasion, il m'a spontanément fourni quelques informations et m'a demandé une trêve. Je lui ai conseillé alors de prendre contact avec vos deux agents. Ces types le recherchent et sont venus me trouver tout à l'heure...

— Ce ne sont pas mes agents, Lyman.

— Ça revient au même. Ils sont de chez vous, oui ?

Justice Deux marmonna quelques mots puis rétorqua :

— Est-ce une couverture officielle que vous désirez ?

— Non, monsieur. Plutôt un conseil.

— Je ne peux vous en donner aucun, Lyman. Vous devez agir à la fois selon les règlements et votre conscience professionnelle.

— Dites-moi au moins si j'ai bien fait.

— Je pense que vous avez agi selon votre conscience.

— Bien, monsieur, c'est ce que je voulais savoir de votre part. J'espère que je n'aurai rien à regretter.

Il était 20 h 40. Le lieutenant Peter Boltzer et son adjoint Cliff Colder étaient à bord d'une Continental noire en bordure de Hyde Park.

— Nom de Dieu de nom de Dieu... Mais qu'est-ce qu'il fout, ce salopard ?

— T'énerve pas, Cliff. On joue avec lui ce coup-ci.

— J'aime pas ça !... Ce gars me fout les foies.

— Je croyais qu'il était ton idole ? rigola Boltzer. Détends-toi. Mon petit doigt me dit qu'il n'est pas très loin, et on n'est pas de la mafia, non ?

— Tu parles ! Est-ce qu'il fera la différence ?

— Tu regardes trop la télé, Cliff.

Bolan avait quitté son véhicule après l'avoir garé non loin de la voiture des deux agents du FBI. Sur le siège avant se trouvait un appareil relais en modulation de fréquences. L'Exécuteur, lui, se tenait à une courte distance du relais F.M., dans le parc environnant, un portable radio réglé sur l'appareil de sa voiture.

Il était arrivé au rendez-vous bien avant l'heure dite, comme à son habitude, et avait ainsi pu repérer les lieux en toute quiétude.

Sûr de sa position au sein de Hyde Park, il était prêt à réagir à la moindre arnaque des flics. Rien ne lui avait paru anormal dans les rues, ni aux abords du parc, mais il comptait avant tout sur son instinct qui bien souvent avait surpassé sa vue et son ouïe. Tout en observant les alentours, il appuya sur une série de boutons afin de programmer le petit scanner-brouilleur portable intégré au talkie-walkie. Ainsi la transmission V.H.F avec les deux hommes dans la Continental, qu'il avait rapidement et très facilement repérée, serait nette de toute écoute supplémentaire.

Positionné de façon à préparer une transmission de courte distance, Bolan régla le poste V.H.F, et surveilla la Continental. Grâce au micro directionnel, de vagues murmures lui parvinrent aux oreilles, déformés par une cacophonie d'insectes, de petits coups de vent et de bruits de moteurs éloignés. Il régla la tonalité et put limiter les interférences environnantes pour mieux entendre les voix humaines. Ce n'était pas pour espionner les deux types, mais plutôt pour s'assurer que la trêve était respectée.

Une voix perça bientôt le brouhaha ambiant :

— Je commence à en avoir marre d'attendre... Et mon estomac, j'ai une de ces putains de faim !

La voix de Bolan résonna soudain, ironique, par l'intermédiaire de la V.H.F du véhicule :

— Homme de l'ombre pour renards de Washington, vous me recevez ?

Peter Boltzer se jeta sur le microphone :

— Bolan ?

— On ne peut rien vous cacher.

— On vous reçoit cinq sur cinq, comme si vous étiez tout à côté de nous. Je suis le lieutenant Peter Boltzer, et j'ai avec moi le sergent Colder. Où êtes-vous ?

— Pas très loin de vous, en effet.

— On peut se voir ?

— Pour le moment je préfère garder mes distances... vous me comprendrez, j'espère.

— Euh.. oui, mais soyez sans craintes... nous avons reçu des directives très précises à votre sujet. Des directives officieuses, évidemment.

— Evidemment ! Et quelles sont ces directives, Peter ?

— On ne chasse pas ! On ne marche pas sur vos plates-bandes. Et en échange, un miracle nous aiguille sur un très gros morceau...

— Je vois que l'on s'est bien compris, renvoya Bolan.

La voix de Peter Boltzer résonna de nouveau dans l'appareil :

— Pour vous montrer notre bonne foi, je vais vous donner un petit renseignement.

— Bon départ, rétorqua l'Exécuteur.

— Ouais, je trouve aussi. Voilà, nous sommes en relation avec la police du Massachusetts qui nous avait fourni quelques renseignements sur une histoire de stups destinés à arroser les Etats de l'Est. Mais le dossier s'est évaporé...

— Cela ne m'étonne pas trop.

— D'après les indices que nous avons, un gros

échange en provenance de Russie doit se produire dans les prochains jours. L'ennui, c'est que nous n'avons aucune preuve et nos mains sont liées.

— Cherchez du côté des sénateurs Lonnie Randall et Orlando Hoffer. Je suis sûr que vous trouverez de quoi vous délier les mains.

— Nom de Dieu !... Vous êtes sûr de ce que vous dites ?

— Vérifiez par vous-même. Précisez « Suzie » comme carte de visite lorsque vous verrez le sénateur Randall.

— Suzie ?

— Oui ! C'est une sorte de déclencheur. Je pense que Randall deviendra très, très loquace...

— Vous êtes sûr de vous ? S'attaquer à ces personnages est délicat.

— Vous pouvez y aller les yeux fermés.

Bolan ajouta en ricanant :

— Mais ouvrez l'œil quand même, les *amici* ne seront pas loin. Comment comptez-vous opérer ?

— Avec certaines précautions, bien sûr.

— Ce n'est pas en jouant les timides que vous résoudrez votre problème, mon vieux. Et les Stups, dans tout ça, que font-ils ?

— Le Narcotic Bureau est aussi sur les rangs mais nous avons sur eux une courte longueur d'avance.

— Alors, continuez de foncer, dit Bolan.

— C'est bien notre intention. Cette affaire va beaucoup trop loin. Bon... puisqu'on bosse ensemble sur ce coup... tout du moins pour le moment, est-ce que je peux faire quelque chose ?

— Ne touchez pas à la région de Boston et Providence avant vingt-quatre heures, j'ai quelqu'un à récupérer en souplesse. Après, vous aurez le champ libre.

— O.K., Bolan. Vingt-quatre heures... Bonne chance. Mon encouragement n'est pas officiel, bien sûr.

— Bien sûr.

Bolan coupa le contact et attendit quelques instants, par prudence, pour donner aux deux fédés le temps d'évacuer le secteur. Puis il rejoignit sa voiture de location.

Il était grand temps pour lui d'aller prendre l'air du côté d'un certain fief des *amici*.

CHAPITRE VI

Boston la bourgeoise commençait à sommeiller sous un ciel nocturne où se traînaient de lourds nuages chargés de maléfices. Implanté dans la banlieue nord de la cité, un immeuble de béton, de verre et d'acier alignait ses trente-quatre étages à bonne distance des autres constructions urbaines. De grandes pelouses bien entretenues et jalonnées d'arbres s'étendaient autour de l'édifice, enserrant comme une tenaille un parking souterrain à deux niveaux. Il émanait de cette sorte d'immense bloc monolithique une impression faite à la fois de respectabilité, de puissance et d'invulnérabilité.

Les quinze premiers étages du building de « l'O.C.C.A. » — Organisation for Computing and Commercial Activities — abritaient les services administratifs, financiers, et de liaison avec la clientèle de l'énorme société. Les treize niveaux suivants étaient occupés par un fantastique complexe de banques de données, de micro-ordinateurs et de mécanismes de répartition dont les prolongements couvraient l'étendue du Massachusetts et s'incrustaient dans les principaux centres officiels de la côte

Est, tels que New York, Philadelphie, Baltimore, Newark, sans oublier la capitale fédérale évidemment.

Quant aux étages supérieurs, ceux-ci étaient réservés aux véritables dirigeants de l'entreprise, des chefs d'orchestre occultes dont les ordres et les directives ne parvenaient au personnel qu'à travers le réseau téléphonique intérieur.

La raison sociale de cette compagnie englobait une multitude d'activités, depuis l'import-export jusqu'aux prestations de services aux sociétés privées... en passant par la gestion bancaire.

L'OCCA possédait un statut particulier en ce sens qu'elle était reconnue d'utilité publique par le gouvernement US et jouissait à ce titre d'avantages considérables. Neuf cents personnes y travaillaient régulièrement et l'OCCA employait également de nombreux correspondants sur tout le territoire US.

L'un de ses principaux actionnaires était le député Chuck Milton, un homme de quarante-trois ans, connu dans le milieu politique comme étant coriace, intelligent et efficace. Il était aussi le P.-D.G. de l'OCCA et maître à bord après Dieu... et la mafia.

Car en fait Chuck Milton n'était rien d'autre qu'un pion forgé de toutes pièces par l'organisation de *Cosa Nostra* à laquelle il devait tout.

Depuis sa création, l'OCCA avait prouvé sa rentabilité en réalisant un bénéfice annuel net d'environ quarante fois la mise de fond initiale. Chacun trouvait donc sa part de profit, l'Etat et les entreprenants financiers privés, ainsi que le très honorable député Milton. Tout paraissait d'un bon aloi indiscutable aux yeux des clients, de même qu'aux pourtant très pointilleux agents du Trésor fédéral.

Ainsi, malgré cette façade d'efficacité et de respectabilité, l'empire du député Chuck Milton était entièrement aux mains des crabes de la mafia dont l'objectif occulte mais précis était de tirer de colossaux profits de tout ce qu'elle pouvait approcher et dévorer.

L'un des principaux projets du « Syndicat » visait à déstabiliser les structures fédérales en minant différentes personnalités de haut vol par de sombres affaires de mœurs, les impliquant de manière à avoir toute liberté d'action dans les diverses entreprises illégales mises en place. Une sorte de chantage à l'échelle nationale. Mais l'opération comportait de gros risques et le Bureau Fédéral d'Investigations avait récemment découvert quelques points sensibles concernant les malversations de Milton devenu un peu trop gourmand et ivre de pouvoir.

C'était une des deux raisons qui motivaient une réunion d'urgence dans les luxueux locaux des derniers étages du building.

La seconde raison était beaucoup plus précise et concernait un personnage connu sous le nom de l'Exécuteur.

Outre le maître des lieux étaient présents : Orlando Hoffer, Lonnie Randall, Samuel Carmi ainsi que son bras droit Lino Pellini, et David Scoloda, le lieutenant de ce dernier.

Il était presque 11 heures du soir et Chuck Milton savait que sa nuit serait sans sommeil. Marchant de long en large dans son bureau depuis dix minutes, il écoutait Sam Carmi en train de lui exposer les ennuis qui risquaient de faire capoter l'opération. Carmi lui faisait grief de son insatiable appétit et de son ineffable imprudence. Une boule de fureur lui broyait les tripes et il savait que cette boule ne partirait que lorsque cette réunion prendrait fin. Il s'arrêta brusquement, les jambes écartées, frappant de toutes ses forces le dossier d'un fauteuil en cuir :

— De quel droit me parlez-vous ainsi, Carmitcher ?

Carmi eut un rire grinçant :

— La ferme, Chuck ! Si tu es à ce poste, tu me le dois ainsi que tout ce que tu possèdes. Alors tu encaisses ce que j'ai à te dire et tu boucles ta grande gueule. Ici, t'es pas au Congrès !...

Il grogna, puis enchaîna :

— Nos fournisseurs les Russes sont un peu nerveux. Ils pensent que nous n'avons pas tout en main.

— Que pouvons-nous faire pour les rassurer ? demanda le sénateur Hoffer.

— Renseignez-vous ! éructa Carmi. C'est pour ça qu'on vous paye tous. Trouvez ce fumier qui fout le bordel dans notre opération !

Calmement Lino Pellini tira sur sa cigarette, soufflant la fumée en direction du plafond.

— T'énerve pas, Sam, on le coincera bientôt, cet enfoiré.

— Bientôt ?

Carmi bavait de colère.

— Je dis que tout de suite n'est pas assez tôt ! Ce connard de Fitzpatrick et l'autre financier de mes deux, Mike Memphis... Morts ! Et ces abrutis ont ouvert toutes grandes leurs portes à cet enfoiré de Bolan !... Des amateurs, rien que des amateurs !

Lino Pellini se rapprocha de Sam, et lui dit :

— Ecoute, Sam, l'idée de Lonnie n'est pas si mal que ça, non ?

— Mouiller Bolan le Fumier dans une vulgaire histoire de meurtre?... C'est à chier!

David Scoloda prit la parole à son tour :

— Oui, c'est peut-être à chier, comme tu dis, mais imagine une seconde que les flics arrivent à le coincer... Au frais il serait une cible parfaite pour les gars de chez nous, non?

— Les flics, hein? Ils ne coinceraient pas un cul-de-jatte qui vient de faire un vol à l'arraché. Ils sont tout juste bons à nous refiler quelques informations. On les paye cent fois trop cher pour ce qu'ils nous rapportent.

Il y eut un instant de flottement que rompit Pellini d'un air préoccupé en fixant Carmi :

— Seulement... t'as oublié le plus important, Sam.

— Qu'est-ce que j'ai oublié?

— Eh bien, on avait réussi à te faire rester dans l'ombre. Tu n'es pas sur nos livres. Tu n'es pas sur la liste que détenait l'avocaillon. Mais maintenant, en tant que dirigeant des sociétés International Trades Consultants et à cause de cette pute en noir, tu es sur les listes et dans les dossiers de tout le monde. Bolan t'a exposé, Sam. Maintenant, tout le monde te connaît.

— Ouais, c'est vrai... Le fumier!

— Tu n'avais pas pensé à ça, déclara sarcastiquement Chuck Milton.

— Ecoute, petite merde, t'as ton boulot à faire, t'entends? Je te demande pas ton avis et on ne te file pas tout ce blé pour que tu dégoises n'importe quelle connerie!

Lino Pellini tenta de calmer le boss qui était à deux doigts d'étrangler le sénateur marron :

— Bon, calmons-nous tous, faut pas se laisser aller à faire une crise à la con entre nous. Nous savons beaucoup de choses sur Bolan le Fumier. Nous savons comment il procède, nous connaissons certaines de ses voitures et bientôt, bientôt nous allons le prendre.

Carmi alla jusqu'au bar et mélangea maladroitement du whisky et de l'eau, en but la moitié, s'essuya les lèvres du revers de la main et lui dit :

— O.K. ! C'est quoi le nom de cette pouffe, déjà ?

— Shirley O'Lynn, fit David Scoloda.

— Bien... Toi Lino et toi David, vous foncez à Providence. Sur place vous me préparez une histoire de meurtre bien dégoutante. Notre ami le sénateur Randall va se débrouiller pour nous dégoter des témoins du meurtre. Toi, David, tu te démerdes pour la mise en scène, avec une combinaison noire et tout ce qu'il faut. Faut des gens dignes de foi, des types que personne ne pourra mettre en doute. Je veux cet enfoiré de Bolan dans le creux de ma main sous quarante-huit heures, ou bien il y aura du monde dans la rubrique nécrologique du journal d'après-demain ! C'est vu ? Quant à toi, Chuck, tu te débrouilles pour dégager ton secteur de tous ces petits flicaillons pour que nos associés russes reprennent confiance. Histoire aussi que Boston nous foute la paix. O.K. ?

Après qu'il eut donné ses consignes, la main de Sam Carmi se serra sur le verre qu'il tenait, les jointures de ses doigts blanchissant avec la tension.

— Bolan... Bolan... Sale pute ! grogna-t-il sourdement.

Puis, d'un geste violent, il lança le verre contre un mur où il éclata en mille miettes, et se dirigea rageusement vers la sortie.

Lino Pellini et David Scoloda lui emboîtèrent le pas.

Il était 1 h 30 du matin quand un garde du camp de Providence observa l'arrivée d'un véhicule utilitaire sur le parking extérieur, juste devant l'entrée principale. Un homme en descendit et se dirigea vers lui, tenant à bout de bras une mallette de technicien, s'arrêtant de l'autre côté de la grille.

— Salut, je viens de la part de Lino, déclara-t-il en souriant. Je dois préparer une installation pour la nouvelle pensionnaire.

Le mafioso le fixa avec suspicion.

— M. Pellini n'a pas laissé de consignes. Qui êtes-vous ? ajouta-t-il en pointant un M-1A rifle tout neuf vers la poitrine du grand type inconnu.

— Va te faire foutre, fit calmement Bolan. Tu expliqueras à M. Carmi que Lino n'a pas pu faire exécuter le boulot par la faute d'une petite tête qui a voulu trop penser.

Les yeux du garde étaient braqués sur Bolan.

— O.K., admit-il après deux, trois secondes de réflexion. Mais ça fait pas partie de la procédure habituelle, faut que je vérifie.

— Ça ne sera peut-être pas nécessaire, répondit Bolan en extirpant de sa poche une enveloppe qu'il tendit au mafioso.

Détournant légèrement son arme, le garde prit l'enveloppe, l'ouvrit et examina son contenu :

— Mais... y'a rien dans cette enveloppe !

— Non rien, rien du tout, répliqua Bolan en lui montrant le Beretta prolongé par son énorme réducteur de son. Je n'aime pas faire de paris sur la mort mais tu ferais bien de déposer doucement ton armement et d'ouvrir tout aussi doucement la grille.

— Vous... vous êtes qui ? demanda le mafioso.

— Ouvre la grille ! gronda Bolan.

Le garde déposa doucement son arme sur le sol et entreprit nerveusement de déverrouiller le cadenas de la grille puis, sans quitter Bolan des yeux, il ouvrit la porte et recula d'un pas. L'Exécuteur ramassa la carabine M-1A et, s'adressant au garde :

— Les filles, où sont-elles ?

— Dans... dans la villa, au premier.

— Combien de gardes ?

— Je... j'sais pas !

Bolan fixa froidement le mafioso.

— Dommage, fit-il en caressant la détente du Beretta.

Les yeux du garde se révulsèrent comme s'il cherchait à regarder le petit trou qui venait subitement de se dessiner au milieu de son front. Bolan ne lui laissa pas le temps de s'affaisser. Empoignant le corps, il le traîna derrière un buisson tandis qu'une voix retentissait depuis l'entrée de la villa :

— Eh, Paul ! Qu'est-ce qui se passe ?

Puis une voix différente :

— Y a quelque chose de pas catholique, faut aller voir...

L'Exécuteur aperçut le premier type qui commençait à pointer un M-16 dans sa direction, avançant avec méfiance.

Ouvrant sa mallette, Bolan en sortit un P-M Ruger au canon raccourci, engagea sous la culasse un chargeur de trente cartouches. Puis il fit glisser la fermeture-éclair de son vêtement de technicien dont il se débarrassa rapidement, laissant apparaître sa sinistre combinaison de combat noire.

Immédiatement après, il ouvrit le feu en direction de la villa. Les deux gardes furent comme balayés de l'encadrement de la porte, les détonations saccadées du P-M déchirant la nuit. A l'intérieur de la villa, il y eut un subit remue-ménage. Des *amici* se mirent à courir en tous sens, des cris, des interpellations jaillirent de partout. L'effet de surprise avait fait son office, la débâcle en cours en témoignait.

Deux P-M se mirent à crachoter simultanément depuis la fenêtre située en haut et à droite de la bâtisse. Bolan les réduisit au silence dans une grande envolée de bois, de verre, et de plomb brûlant.

Pour Bolan, il ne s'agissait pas d'une simple action de commando, d'un nettoyage en règle. Les *amici* n'étaient pas seuls dans les lieux. Il y avait donc des précautions à prendre.

Accrochant trois grenades à fragmentation à sa poitrine, il boucla ensuite l'étui de son énorme AutoMag à son ceinturon de combat, le holster du Beretta sous son aisselle gauche, et glissa son poignard Survival dans une gaine fixée à son mollet. Ensuite il se fondit dans l'obscurité, sous le couvert du hangar jouxtant la villa. Rapide et silencieux, il remonta vers la maison tout en se déportant de manière à s'assurer un angle de tir idéal. Puis, l'esprit vidé de tout ce qui n'était pas lié à l'action, il monta à l'assaut du premier étage en passant par l'escalier extérieur. Un colosse moustachu se dressa brusquement devant lui, s'avisant de lui barrer la route. Une ogive de .44 magnum lui mangea d'un coup le milieu du front dans un grondement de tonnerre.

La détonation parut donner le top-départ à une invraisemblable cacophonie de coups de feu désordonnés et tirés n'importe où par les mafiosi en pleine panique. Bolan prit pied sur le palier du premier étage après avoir vidé la moitié du chargeur de .44 magnum sur trois mafiosi qui s'élançaient vers lui. Des cris affolés de femmes lui parvinrent alors, en provenance du fond d'un couloir qui s'étendait devant lui et, quelques secondes après, de nouvelles détonations claquèrent, venant du sens opposé. Une porte venait de s'ouvrir à la volée, laissant apparaître deux hommes armés qui ouvraient le feu avec rage.

L'Exécuteur s'était jeté au sol. Il leur expédia une grenade à fragmentation qui péta presque sous leurs pieds et les envoya en l'air dans une grosse boule de feu tonitruante.

Pour parachever le nettoyage, il lança une grenade dans l'ouverture de la porte, envoya une giclée d'ogives avec le Ruger, puis reflua et se dirigea vers l'extrémité du couloir où il avait entendu les cris d'affolement.

La porte était verrouillée. Il l'enfonça en se jetant dessus de tout son poids, déboula dans une grande chambre aux fenêtres garnies de barreaux où se tenaient trois jeunes femmes assises sur un lit et à même le sol. L'une d'elles se dressa en apercevant la haute silhouette noire, chancela un peu et poussa un petit cri étouffé.

— Shirley O'Lynn ? fit Bolan.

Il l'avait tout de suite identifiée grâce à la description que lui en avait faite Toni Blancanales.

La fille hocha doucement la tête, les yeux pleins d'effroi.

— Venez, on part.

Observant les deux autres, il leur demanda :

— Etes-vous en état de conduire ?

Il n'avait pas envie de les prendre en charge mais, voyant leurs visages, il pensa qu'on les avait plus ou moins droguées. Il grimaça.

— Bon, suivez-moi.

Tous ses sens en éveil, il regagna le couloir devenu silencieux, prit pied sur l'escalier extérieur à l'instant où un mafioso commençait à en escalader les premières marches. Une courte rafale de P-M coucha le type pour le compte mais presque aussitôt une fusillade partit de l'angle du hangar. Se repérant d'après la lueur des coups de feu, il balança sa dernière grenade dans cette direction, arrosa le périmètre avec le Ruger, et fit signe aux trois filles de s'accrocher derrière lui.

Apparemment, les lieux étaient maintenant débarrassés de toute présence menaçante. Bolan avait garé sa voiture une centaine de mètres en amont de la propriété. Poussant les filles dans cette direction, il rejoignit le véhicule, fit asseoir Shirley O'Lynn sur le siège passager avant, les deux autres à l'arrière.

Une minute plus tard, il était déjà loin de l'infect camp servant de lieu de transit et de « formation » à la mafia. La jeune femme assise à côté de lui demeurait immobile, apparemment déconnectée de la réalité. Les autres étaient dans le même état.

L'Exécuteur eut un pincement au cœur en songeant à toutes celles qui étaient déjà passées par Providence pour être ensuite lâchées vers des objectifs importants et précis, après un conditionnement très spécial.

Providence... Un humour sordide et bien dans la psychologie immonde des *amici*...

Bolan ignorait que les cannibales de *Cosa Nostra* avaient eu pour projet de lui faire porter la responsabilité d'un meurtre, celui de Shirley O'Lynn. Les *amici*, bien sûr, en seraient pour leurs frais. Mais les préoccupations de l'Exécuteur, en ce moment, étaient toutes braquées sur sa prochaine cible.

Il avait déjà porté des coups très sensibles aux cannibales, il avait nettoyé le terrain à sa périphérie et provoqué un début de confusion dans les rangs adverses.

Et cela ne faisait que commencer.

CHAPITRE VII

L'Exécuteur et Shirley étaient arrivés vers quatre heures du matin à Everett, pas loin de Boston. Le motel qu'il avait choisi n'était rien d'autre qu'un petit établissement sans envergure comme on peut en trouver beaucoup dans les villes de banlieue. Mais il avait l'avantage de leur accorder un bref repos et, de plus, il se situait non loin de l'imposant building où dormaient bien des magouilles de la mafia.

Une demi-heure auparavant, il avait confié les deux autres jeunes femmes à un chauffeur de taxi avec pour consigne de les accompagner à l'antenne fédérale de Boston et de les confier à Jerry Mac Lyman. Un gros pourboire était garant de l'accomplissement du service.

Shirley O'Lynn était sous la douche, une partie de ses vêtements défraîchis par les derniers événements pendait sur l'accoudoir du divan.

Bolan avait besoin de faire le point. Il venait de récupérer l'amie de Toni, mais avec ce qu'il avait découvert sur l'opération mafieuse en cours, il se devait d'aller beaucoup plus loin, de réduire à néant les desseins des *amici*. Cette fois encore, il n'avait pas le choix, il devait frapper fort, fort et vite pour empêcher la pieuvre mafieuse d'étendre ses tentacules déjà beaucoup trop enfoncés dans les Etats de la côte Est.

En pensant à ce qui allait immanquablement arriver, l'Exécuteur eut un froid sourire et saisit le verre de bourbon qu'il venait de se servir, en avala une gorgée.

C'était gagné pour ce qui était de tirer Shirley du pétrin, oui, Toni pouvait être contente... Et si la suite se déroulait de la même façon, l'Exécuteur allait en tirer un bénéfice immédiat grâce à ce qu'il savait maintenant, et au complément d'informations que pouvait lui fournir Shirley. Un plan précis se dessinait en lui. C'était un peu scabreux, limite même, mais néanmoins jouable.

La jeune femme sortit de la douche, vêtue de la seule serviette de bain qui s'y trouvait. Elle regarda l'Exécuteur, puis le verre à peine entamé qu'il tenait, ne sachant trop comment engager la conversation. Ensuite elle s'avança vers le mini-bar de la chambre. La vue de cette merveilleuse chute de reins presque nus ne facilitait pas les réflexions de Bolan.

— Je peux? demanda-t-elle en lui désignant la bouteille de bourbon.

Puis, sans lui laisser le temps de répondre, elle revint vers lui, un verre plein à la main, trempa ses lèvres dans l'alcool.

— Je n'en reviens pas encore, déclara-t-elle un peu gauchement. Je me demande comment vous vous y êtes pris pour me sortir de cette... de cet endroit affreux.

— N'y pensez plus, lui dit-il tout en la regardant. Toni savait choisir ses amies, la jeune femme était intelligente et splendide ce qui ne gâchait rien. Il en oublia quelques instants la guerre sans merci qui l'opposait au mal, à la mafia. Elle était bien proportionnée, les quelques gouttes d'eau qui tombaient encore de sa longue chevelure de couleur auburn donnaient à la belle crinière un aspect d'or foncé par endroits. Ces mêmes gouttes d'eau qui tombaient à présent sur ses épaules délicates et dorées se perdaient à la naissance d'une poitrine ferme à peine cachée par la serviette, révélant des courbes pures et généreuses.

Bolan ferma un instant les yeux et fit un effort pour chasser les pensées plus qu'insidieuses qui commençaient à le remuer sérieusement. Puis il se leva, respira profondément et la questionna :

— Comment Ray Fitzpatrick vous a-t-il piégée ?

Elle laissa passer quelques secondes avant de répondre d'une voix basse, une moue d'amertume contractant un peu ses lèvres.

— Je suis une idiote, je ne m'étais même pas rendu compte que ce type n'est qu'un minable escroc doublé d'un maître chanteur.

— N'était, corrigea Bolan.

— Pourquoi parlez-vous de lui au passé ?

— Parce que je l'ai éliminé.

— Vous voulez dire... Heu, comme tous ces types, à Providence.

— C'est ça.

Elle se troubla, eut un soupir saccadé et reprit :

— Après tout, il n'a eu que ce qu'il méritait. Je ne suis hélas pas la première à avoir été victime de ses saloperies. J'ai compris trop tard qu'il jouait le rôle de rabatteur pour les maquereaux de Boston. Apparemment, il est... il était brillant, plein d'allant et avait d'importantes relations partout. De nombreuses fois, il m'a emmenée avec lui dans des cocktails, des réunions mondaines, il m'a présentée à des tas de gens haut placés. Comment aurais-je pu me douter?... Et puis, un jour, je me suis sentie toute drôle, la tête a commencé à me tourner et ensuite je n'ai plus su exactement ce que je faisais. C'était à l'occasion d'une réception chez des amis à lui, dans une maison de campagne à Salem. J'ai eu vaguement conscience que je commettais des actes dont je n'aurais jamais été capable normalement. Evidemment, il m'avait mis une drogue dans mon verre. Ce n'est que le lendemain qu'il m'a montré le film vidéo sur un écran de télé. J'ai été horrifiée. Vous ne pouvez pas savoir ce que ça m'a fait à ce moment-là. J'étais écœurée de moi-même.

— C'est classique, lui dit Bolan. Ça commence souvent de cette façon. Et ensuite?

— J'ai eu une explication orageuse avec lui. Il m'a tout simplement ri au nez en me disant que ça n'avait rien de grave, qu'une petite partouze de temps en temps ne faisait de mal à personne. Alors je l'ai quitté pour rentrer chez moi. Et en chemin, je me suis fait ramasser par deux malabars qui m'ont obligée à monter dans une voiture où ils m'ont fait une piqûre. La suite, je ne m'en souviens pas très bien, je suis restée longtemps dans un état plus ou moins nébuleux, mais je sais qu'ils m'ont injecté plusieurs fois leur saloperie de drogue... J'ai repris conscience dans une chambre infecte où trois types m'observaient comme si je n'étais qu'un animal dont on estime la valeur marchande. Et puis...

Elle but une gorgée de bourbon, enchaîna :

— Je me suis retrouvée dans cette propriété de Providence où vous m'avez trouvée. J'ai dû y rester au moins deux jours, je ne sais pas exactement. Et là...

Un petit sanglot la secoua. Le regard dans le vide, elle déclara d'une voix rauque :

— Ils se sont relayés à plusieurs pour me violer. J'étais attachée et ça se passait devant des tas de types qui regardaient le spectacle en ricanant. Vous imaginez ?...

Oui, Mack Bolan imaginait la scène. C'était tout à fait dans les méthodes des ordures mafieuses : avilir la victime, souiller son corps, l'offrir en spectacle à un cercle d'observateurs immondes pour briser son moral, et ensuite modifier graduellement son comportement, ses pensées et son raisonnement. Pour l'Exécuteur, il ne faisait aucun doute que Shirley O'Lynn avait déjà été utilisée à son insu pour « remplir une mission ». On l'avait jetée dans les bras d'un ou de plusieurs personnage haut placés à des fins ultérieures de chantage, on avait photographié et filmé les obscénités des partenaires préalablement drogués. Par la suite, si la fille qui avait joué ce rôle manifestait des velléités de rébellion, ou si elle avait suffisamment « servi », on l'envoyait purement et simplement sur le marché da la prostitution dans un pays d'Amérique latine ou en Afrique. Dans le cas contraire, on s'en servait encore pour d'autres opérations similaires.

Shirley O'Lynn revenait de loin.

Bolan lui demanda encore des précisions sur les gens qu'elle avait côtoyés en compagnie de Ray Fitzpatrick, sur ce qu'elle avait pu entendre lors de sa détention. Puis il lui conseilla fermement de rester enfermée dans la chambre du motel, de ne pas téléphoner ni de prendre aucun appel.

— Si je ne suis pas de retour avant midi, ajouta-t-il, prenez un taxi et faites-vous conduire à l'antenne fédérale de Boston. Demandez Jerry Mac Lyman et racontez-lui toute votre histoire. Vous pouvez lui faire confiance.

— Je ne peux même pas téléphoner à Toni ?

— Pas plus à Toni qu'à n'importe qui. Les *amici* sont partout, ont des complicités dans tous les milieux, et ils ont certainement pensé aux écoutes téléphoniques. Soyez persuadée qu'il ne s'agit pas d'une plaisanterie.

— Après ce que je viens de vivre, assura-t-elle, je suis convaincue en effet que ce n'en est pas une.

Bolan lui fit une petite moue amicale et prit congé.

Vers 6 heures du matin, un politicien connu fut alerté par des coups de sonnette intempestifs. Il passa sa robe de chambre, alla ouvrir sa porte d'entrée en maugréant et se trouva en face d'un gros pistolet nickelé brandi par une main ferme. Un homme de taille élevée le repoussa, entra dans le hall de sa villa et l'assomma proprement sans qu'il ait pu voir son visage. Lorsqu'il reprit connaissance, étendu sur le dos dans son jardin, des voisins accouraient de toutes parts et sa villa flambait. On avait épinglé sur son habit de nuit un papier où figurait cette simple inscription manuscrite : « *Cosa Nostra* ».

Aux questions que lui posèrent plus tard les agents du FBI, Peter Boltzer et son adjoint Cliff Colder, le député Chuck Milton ne put que répondre qu'il ne connaissait pas son agresseur et qu'il ignorait le motif de l'attentat. L'homme politique habitait seul, il n'y avait eu aucune victime, uniquement des dégâts matériels. Lorsque les journalistes survinrent, il se refusa à toute déclaration, mais des témoins qui furent harcelés de questions parlèrent du billet accroché sur la poitrine de la victime. Très rapidement, la nouvelle se répandit dans les salles de rédaction, il y eut des commentaires de toutes natures et les télécopies se mirent en marche.

Un peu plus tard, un autre incendie réveilla les habitants d'un quartier d'affaires de Somerville, au nord de Boston. Cette fois, le sinistre concernait les bureaux d'un financier qui était récemment venu s'installer dans la région. Le feu ravagea les trois cents mètres carrés du petit immeuble de plain-pied. Les pompiers avaient été préalablement prévenus par un coup de téléphone anonyme. Là encore, quelqu'un, sans doute l'auteur de l'incendie, avait tracé à la craie sur la façade de l'immeuble contigu dix lettres capitales que des curieux déchiffraient dans le rougeoiement des flammes mourantes : « *Cosa Nostra* ». Lorsque les policiers arrivés sur place cherchèrent à joindre le propriétaire des locaux, M. Sam Carmitcher, ils se heurtèrent à l'impossibilité de trouver ce dernier.

Ces attentats concernaient des individus ou des

groupements en connexion avec ce que l'Exécuteur nommait « la pourriture mafieuse ». Il avait tenu à les exposer par une série d'attaques, à les placer dans les faisceaux des projecteurs à la vue du public. Ce n'était que la suite logique de son offensive. Une succession de blitz mineurs avant l'opération finale.

A l'approche de sept heures du matin, un chroniqueur de télévision, Michaël Simpson, s'apprêtait à quitter les studios de la station quand une assistante l'informa d'un appel téléphonique. Il prit la ligne dans son bureau, maugréa un « oui » fatigué. Son correspondant s'assura de son identité et annonça :

— Pouvez-vous faire quelque chose pour moi, homme des ondes ?

— Qui est en ligne ? Vous avez sans doute un nom.

— Ma voix ne vous rappelle sans doute rien, mais votre copain californien de N.B.C, Greg Moore, a fait mon procès sur votre antenne il y a deux semaines.

Simpson piocha une cigarette dans sa poche. Son front se plissa et il renvoya d'une voix soudain excitée :

— Hé !... Est-ce que ce ne serait pas M...B... ?

— C'est ça, fit le correspondant.

— Nom de Dieu ! On ne parle que de vous ici. Le journal télévisé est en train de préparer une édition spéciale sur vous. Allez-vous déchaîner la foudre contre les *mobsters* à Boston ?

— Affirmatif. Les événements m'y poussent, répondit Bolan.

— Bon, et que désirez-vous ?

— Que vous passiez certaines informations sur l'antenne.

— Ça peut se faire, répliqua Simpson, tout excité. Mais à une condition. On fait un échange.

— Contre quoi ?

— Une déclaration de votre part. Une interview sur ce que vous faites et pourquoi vous le faites. Pas plus de cinq minutes.

— O.K. Cinq minutes, pas plus. Je veux que vous fassiez le plus de bruit possible autour des récents événements. Je veux parler de ceux concernant le député Chuck Milton et Sam Carmitcher alias Samuel Carmi, le gros bonnet de la mafia au Massachusetts.

— Ça ne pose aucun problème, d'autant que ça fait déjà pas mal de bruit.

— Je souhaite que Milton craque. O.K. ?

— O.K. Mais avez-vous au moins des informations pour étayer l'échafaud de Milton ?

— Sam Carmitcher est l'ordure qui a mis en place Chuck Milton et d'autres politicards pour faire fonctionner tranquillement son réseau. Ça va loin : trafic d'influence, corruption, chantage à grande échelle, prostitution au top niveau... Une grande partie des membres locaux du Congrès est complètement aux mains des *amici*.

— Pourquoi continuez-vous de faire cette guerre aux *mobsters* de la mafia ? N'êtes-vous pas fatigué de leur courir après ?

— Un peu, oui. Mais si je m'arrête, c'est eux qui vont me courir après et ils finiront par avoir ma peau. Alors je bouge sans arrêt.

— C'est inhumain.

— Ça fait partie du jeu.

— Mais vous avez fait un choix, au début ?

— Non. Je n'ai pas voulu cela. J'ai simplement voulu venger ma famille. Les *amici* sont responsables de ce qui est arrivé. Ensuite, j'ai été pris dans l'engrenage.

— Et vous continuez...

— Oui. L'interview est terminée, Simpson, je n'ai plus de temps.

— Attendez, une dernière chose... A quel degré le député Chuck Milton est-il impliqué avec les *mobsters* ?

— Au plus haut degré, soyez-en certain.

Le journaliste s'était arrêté de respirer.

— Vous avez l'intention de continuer votre guerre ? Je veux dire ici, à Boston...

— Bien sûr. Ça ne fait que commencer.

— Si ces informations venaient d'un autre que vous, j'aurais déjà raccroché, Bo... heu, monsieur M.B. Si vous étalez réellement des preuves, ça va faire un scandale fantastique.

— Les preuves arriveront, conclut lugubrement Bolan. Rassurez-vous.

De nombreux personnages officiels et des flics de toutes sortes avaient passé la nuit à veiller, penchés sur des documents ou occupés à discuter âprement.

Les diverses informations connues et celles transmises par Mack Bolan ajoutées aux derniers événements survenus à Boston, permettaient déjà de constituer un début de dossier. Le lieutenant Peter Boltzer et le sergent Jerry Mac Lyman en étaient à présent sûrs : la mafia était en train de mettre sur pied un gigantesque trafic de drogue desservant toute la partie nord-est des Etats-Unis. La provenance était également révélée. Certains personnages puissants et occultes de la Russie commençaient à apparaître au grand jour.

Mais le fait que cette gigantesque magouille impliquait plusieurs personnalités américaines dans un réseau de came et de traite des Blanches n'arrangeait pas la police fédérale qui se devait d'avoir un dossier et des argumentations en béton avant d'attaquer le haut du pavé.

Nul doute, cela allait faire un remue-ménage de tous les diables. Des têtes allaient valser et il était hors de question de faire le moindre faux pas.

Il fallait avant tout, pour les différents services de police, de quoi consolider le dossier. On ne pouvait pas s'avancer sur un terrain aussi brûlant sans risquer d'y laisser un bon paquet de plumes roussies.

Mais une fois n'est pas coutume. Divers services avaient réussi à trouver un terrain d'entente commun : le FBI, la police locale, le Narcotic Bureau, la police des mœurs. On commençait à procéder à l'infiltration du réseau de drogue sur le plan local afin de suivre la filière, on espérait coincer les fournisseurs russes d'après des sources obscures... et remonter jusqu'aux politiciens en question. Ce n'était pas une mince affaire pour Boltzer et Cliff Colder, que de voir clair dans cet embrouillamini.

Un nouveau nom était apparu sur les listes des deux G'men du FBI : Ralph Douglas, un agent de la CIA dont le jeu était plus que trouble et qui gravitait un peu trop parmi la grande pègre bostonienne.

De son côté, Jerry Mac Lyman pensait que s'il

parvenait à démasquer le député Chuck Milton, à obtenir sa confession, il serait ensuite possible de faire écrouler l'ensemble du système criminel. Oui, compte tenu de l'action menée par un certain type en combinaison noire, il n'était pas impossible que ça marche. Il valait d'ailleurs mieux pour tout le monde.

Au sixième étage d'un luxueux hôtel du quartier de Roslindale, au sud-ouest de Boston, plusieurs hommes occupaient une grande suite dont l'immense baie vitrée donnait sur un vaste parc verdoyant. Il était huit heures du matin. Il y avait là Samuel Carmi, Lino Pellini, David Scoloda, le sénateur Lonnie Randall, Orlando Hoffer, le député Chuck Milton, et Ralph Douglas, un homme de la CIA qui avait favorisé l'élaboration du projet en jouant sur ses contacts à l'étranger.

Les membres permanents de la magouille avaient d'abord eu quelques réticences en voyant Douglas participer à leur colloque. Mais ce dernier avait exposé un plan qui devait permettre, en toute bonne logique, de sauver la situation. Et Sam Carmi avait finalement accepté en comprenant que Douglas pouvait être un bon atout dans l'opération en cours qui, il fallait bien le dire, avait besoin d'être réhabilitée aux yeux des Russes et de certains notables de Boston.

Ils s'étaient installés en divers endroits de la pièce cossue et si ce n'avait été l'heure matinale et le ton de nervosité qui imprégnait la conversation, on aurait pu croire à une réunion d'hommes d'affaires discutant les termes d'un marché. En fait, on parlait bien d'une affaire : celle qui agitait la cité depuis vingt-quatre heures.

Carmi maltraitait un bras du fauteuil dans lequel il était assis.

— Après ce que nous venons d'entendre dans cette connerie de radio, je vois mal comment ton plan va pouvoir se réaliser, protesta-t-il pour la forme. Ces types sont complètement dingues de passer une telle interview sur l'antenne. J'avais cru comprendre que tu étais intervenu auprès du chef de la police, Chuck ?...

— Exact, oui, répliqua Milton nerveusement. Mais je ne peux pas réquisitionner les radios.

— Il était convenu que tu te charges de la sécurité locale.

— Je n'y suis pour rien si ce givré de Mack Bolan est venu semer sa merde dans nos affaires.

— Je n'ai rien à foutre de tes explications. Bolan ou pas Bolan, tu devais tenir tes gens en main. Tu as agi comme un con et j'ai suffisamment de problèmes avec ces putains de Russes et avec Boston.

— Bon sang, calmez-vous ! intervint Ralph Douglas. Nous devons trouver une solution pour remettre tout en ordre et stabiliser la situation.

— Ah ouais ?

— Ouais. Je vous ai déjà exposé mon idée. Je prétends que ça peut marcher.

— Tu veux modifier le programme ?

— Non. Il n'y aura aucune modification. Tout doit continuer comme avant, comme si ce salaud n'était jamais arrivé. Si nous commettions l'erreur de changer quoi que ce soit, nos contacts perdraient définitivement confiance... Ce serait l'effondrement complet d'une année d'efforts. Ce qu'il faut, c'est ne donner aucune prise à ce fumier, le laisser courir tout seul sur le terrain. Que fera-t-il s'il ne rencontre aucune opposition, s'il nous cherche sans trouver personne ? Il tournera en rond et passera pour un psychopathe aux yeux de tout le monde.

Carmi se tourna vers Lino Pellini :

— Peut-être, faut voir... En attendant, je veux des informations sur ce que fout la grande pute en ce moment. Lino... où en sont les recherches ?

— Tous les gars, tous les indics sont sur le pied de guerre, ils ont fouillé partout toute la nuit. Ce mec est un vrai fantôme. Il doit se déplacer sans arrêt.

— Donc, personne n'a rien trouvé ?

— Non, Sam.

— Quelle merde ! Putain ! Trouvez-moi la fille qu'il a sortie de Providence ! Si jamais ce connard s'approche trop de nous, je lui donnerai un échantillon de ce qu'on peut lui faire.

Mais en disant cela, Carmi savait qu'il parlait dans le vide. La fille était sûrement bien planquée, il n'avait rien à se mettre sous la dent. Aucune prise sur cette pute noire !... Et pourtant il devait réussir, il le devait ! C'était plus qu'une question d'argent ou de prestige.

Et peut-être qu'après tout le plan de ce tordu de Douglas n'était pas si mauvais que ça.

CHAPITRE VIII

Tandis que l'état-major mafieux s'agitait et rageait, le major Youri Stavichky et Pavlovski Nerevich prenaient place dans la Mercedes noire conduite par un certain Michel Dolianov, un homme de main. Le long véhicule s'engagea dans une rue de banlieue et se mêla au flot de la circulation. Stavichky se décontracta. Pavlov, ainsi nommé par le major, somnolait, bercé par l'agréable suspension du véhicule. La main du major Stavichky caressait inconsciemment la mallette qu'il tenait sur ses genoux, tandis qu'il réfléchissait aux derniers événements.

Pour la première fois depuis longtemps, les choses tournaient mal. Les Américains, récents alliés dans ce grand projet, s'étaient retrouvés confrontés à de sérieux problèmes pouvant compromettre le futur développement de leurs affaires communes et aussi entraver sérieusement les prochaines manœuvres prévues par le major. D'évidence, rien ne se déroulait comme prévu. A travers la mafia, Stavichky rêvait de contrôler le marché en pleine expansion de la drogue sur la côte Est américaine, et ainsi avoir un accès facilité aux filiales US.

Cette opération était en sorte une dernière chance pour lui. S'il réussissait, il retrouverait un très sérieux crédit auprès de ses supérieurs de Moscou. Il se voyait déjà à la tête d'un colossal empire d'où partirait ensuite un très juteux service de renseignements qui lui assurerait la tranquillité et la notoriété souhaitée pour traiter avec les grands du parti.

Ses pensées se détournèrent brusquement vers Pavlovski. Le petit dealer qui avait l'incroyable audace de vouloir mener une partie de la barque ne pouvait se douter que sa fin était proche en cas de réussite de l'opération. Il ne pouvait évidemment y avoir qu'un maître à bord.

Une colère froide envahit le major lorsqu'il pensa à cette ombre qui planait sur ce luxuriant tableau : l'Exécuteur. Où pouvait se trouver en ce moment le démon américain qui risquait de faire échouer tous ses rêves de grandeur et qui tenait en échec une aussi puissante organisation que la mafia ? Se rapprochait-il de lui ? Stavichky avait longtemps attendu sa revanche. Il n'échouerait pas si près du but.

La détermination du Russe se raffermit. Sa respiration se calma à la pensée du précieux chargement qu'il transportait, la mallette-test de drogue en provenance directe d'Ukraine, et qui ferait naître le plus grand marché de stupéfiants jamais ouvert entre plusieurs continents, déversant son produit sur le territoire des impérialistes américains.

Bientôt, la Mercedes ralentit à l'approche de Chelsea et une enseigne indiqua un bar-restaurant : le Dragon bleu. Youri se pencha en avant et s'adressa à Michel Dolianov :

— Arrête la voiture au bout du parking.

Le conducteur manœuvra pour faire monter la Mercedes sur un trottoir en bordure du parking. Ainsi, le véhicule était positionné pour redémarrer sans risque de se faire coincer.

Le Russe mit pied à terre et fit signe à Dolianov de pénétrer le premier dans le bar, un établissement à l'aspect criard dont la décoration se voulait de facture chinoise. Il n'y avait que cinq clients devant le comptoir et deux autres assis à une table près de l'entrée.

Comme s'il avait jailli d'une boîte, un petit homme à la tête toute ronde et aux pommettes saillantes s'avança à la rencontre des arrivants.

— Frank Burner ? s'enquit Stavichky en fixant le maître des lieux.

— Frank Burner, pour vous être agréable, messieurs, répliqua le type obséquieux que l'on surnommait « Le Chinois » dans le Milieu du Massachusetts.

Il devait son pseudonyme à son origine asiatique que ses traits accusés ne pouvaient dissimuler. Il était venu se perdre sur la côte Est après bien des déboires en Californie, de sordides histoires de drogue et de règlements de comptes qui avaient mal tourné. Mais Burner savait tirer son épingle du jeu quand il le fallait.

Avant de rencontrer Lino Pellini, il essayait de faire fructifier une petite affaire sans envergure de prêts sur gages qui lui permettait tout juste de se faire un nom au sein du panier de crabes des milieux crapuleux de Boston.

Avec un geste onctueux de la main, il désigna une

table tout au fond de la salle, accompagnant lui-même les trois Russes qui s'y installèrent. Machinalement, Dolianov avait glissé sa main dans l'échancrure de sa veste, la posant sur la crosse d'un automatique.

— Je ne crois pas me tromper, reprit le petit homme obséquieux en fixant le major. Vous avez un présent pour nous, n'est-ce pas ?

Stavichky lui répliqua sèchement :

— J'ai un échantillon du futur présent. Il est irréprochable de qualité.

Le Chinois s'assit en face de Pavlovski sans même attendre d'y être invité. Il déclara d'un ton ambigu :

— Si vous souhaitez traiter, il vous faudra laisser votre quincaillerie au vestiaire.

Domialov regarda son chef avec de gros yeux vides d'expression mais ne broncha pas, la main toujours planquée sous sa veste.

— Où se trouve Carmi ? grinça Stavichky, ignorant la remarque.

— Vous le verrez bientôt, major, répliqua le Chinois avec un sourire qui se voulait rassurant.

L'attention du petit groupe fut un instant détournée par l'entrée d'un homme vêtu d'un bleu de travail taché de ciment et coiffé d'une casquette sale. Le type avait l'air fatigué, crevé même. Les traits tirés, le dos voûté, il s'approcha du comptoir et commanda une bière. De petites particules de ciment et de plâtre s'accrochaient à ses grosses moustaches blondes.

Frank Burner promena sur lui un regard torve tandis que le barman remplissait un verre avec de la bière.

— Où est Carmi? demanda brutalement Stavichky en jetant un regard glacial au Chinois. Je ne traite pas avec de simples sous-fifres.

Les yeux de l'Asiatique s'animèrent soudain. Une lueur de haine y fut brièvement visible, puis il répondit d'un ton déférent :

— Ne vous inquiétez pas, major. Cette attente n'a de raison que la prudence qu'obligent votre sécurité et celle de M. Carmitcher.

L'Exécuteur avait pu filer sans difficulté la grosse Mercedes des Russes à bord d'un nouveau véhicule de location, une Ford anonyme. Il l'avait garée une centaine de mètres avant le bar du Chinois et avait revêtu un déguisement de circonstance, une salopette d'ouvrier, s'était rapidement barbouillé le visage après s'être collé une perruque blonde et une grosse moustache. Puis il avait traîné deux minutes dans un chantier proche de l'établissement pour parfaire son camouflage avant d'entrer au Dragon bleu. Bolan savait qu'un déguisement n'est pas tout. On reconnaît plus facilement les gens à leur allure générale, à leur expression et leur façon de marcher qu'à leur tenue vestimentaire. Aussi s'était-il composé l'allure d'un brave ouvrier de chantier harassé par le travail.

Il tendit la main pour s'emparer avidement du verre de bière que le barman venait de poser sur le comptoir. Equipé du gadget H.P. M-308A de Motorola qui lui avait déjà rendu service au Lovely Dream, Bolan était prêt à entendre les propos des crapules soviétiques et mafieuses. Le petit appareil était logé sous la salopette et sa casquette dissimulait le mini-écouteur.

Il vit le major russe s'adresser à Dolianov qui, comme un automate, retira sa main de l'échancrure de sa veste déformée par l'automatique. L'atmosphère se détendit un peu.

Lino Pellini entra une minute plus tard, jeta un regard circulaire dans la salle puis se dirigea tout droit vers Frank Burner après que celui-ci lui eut adressé un signe discret.

— Heureux de vous retrouver, fit-il en tendant la main vers le Russe.

Mais Stavichky demeura de marbre, conservant ostensiblement les mains à plat sur la table.

— Je suis pressé, rétorqua-t-il avec raideur. J'aimerais que nous en venions directement à ce qui nous concerne. Et j'attends toujours Carmi.

Conscient du ton durci, Pellini s'efforça de se montrer conciliant.

— Nous allons le rejoindre tout de suite, mon vieux, sourit-il. Il nous attend au premier, on y sera tranquilles pour traiter cette affaire. O.K. ?

— Bien. Je préfère avoir affaire à un responsable, répliqua Stavichky en fixant le Chinois qui fit mine de ne pas entendre.

Il fit un signe à ses deux comparses. Lino Pellini sembla avoir une hésitation, s'excusa et se dirigea vers le comptoir.

— Jack, chuchota-t-il à l'attention du barman, tu refermes derrière nous. Et personne ne doit nous déranger, pigé ?

— Oui, m'sieur, pas de problème.

— Fais monter quelques bouteilles et des amuse-gueules. T'oublies pas, hein ?

— J'fais ça de suite, m'sieur.

Puis revenant vers la petite troupe :

— Tout est en ordre, major, si vous voulez bien me suivre.

Bolan vit les Russes emboîter le pas de Pellini vers l'arrière-salle pour emprunter ensuite un escalier en bois dont les marches craquèrent. Très vite, le bruit des pas décrut et, en même temps, celui de la conversation. Il commençait à perdre le contact avec les voix retransmises par le biais de son H.P. M-308A. Son petit gadget se révélait inefficace dans l'état actuel de la situation. Il allait devoir improviser et trouver autre chose.

Suivi du Chinois et des dealers russes, Pellini était arrivé en haut de l'étroit escalier. Frappant à une porte où apparut le visage de Bertrand Galiani, son second lieutenant, il introduisit tout le monde dans une pièce exiguë qui ressemblait à un petit vestiaire.

Galiani tendit la main vers les nouveaux arrivants et annonça d'une voix trop aiguë pour sa forte corpulence :

— Si vous avez de l'artillerie, je vais devoir la conserver ici le temps de l'entretien.

Dolianov, comme un chien privé de son os, détourna sa grosse tête vide vers Youri Stavichky. Le major inclina la tête en signe d'approbation et la brute épaisse tendit avec regret son Tokarev vers la main qu'il maudissait en silence.

Stavichky dégagea les pans de sa veste et lâcha dédaigneusement :

— Je n'ai jamais ce genre de chose sur moi. Je n'en ai pas la nécessité.

— Et les autres ? fit encore le lieutenant de la mafia.

Du bout des doigts, Pavlovski lui tendit un .38 spécial, commentant avec un accent de Brooklyn :

— Prends-en soin, mec, j'veux le récupérer intact avec les bastos.

— O.K., dit Pellini en souriant.

Il les fit entrer dans un bureau sommairement aménagé dans lequel flottait une odeur entêtante de parfum asiatique.

Toujours installé au comptoir, Bolan observait d'une façon apparemment distraite le barman en train de garnir un plateau avec une bouteille de whisky, une autre de Coca, et des amuse-gueules. Jack s'affairait sur la commande de Pellini qu'il préparait devant l'Exécuteur. Ça ne pouvait pas mieux tomber.

Profitant qu'il avait le dos tourné pour prendre de la glace, d'un geste coulé il plaça un micro sous le rebord inférieur du plateau. Un coup de poker. Si les *amici* s'en apercevaient, la partie tournerait très mal et les renseignements escomptés s'envoleraient dans un enfer de poudre et de plomb chaud.

Jack emporta le plateau dans l'arrière-salle et l'on entendit de nouveau les marches grincer. Puis Bolan entendit très nettement la voix du barman arrivé au premier :

— C'est pour eux, m'sieur Bertrand. M'sieur Pellini m'a dit de...

— Ça va, Jack, fit la voix de Galiani. Je vais leur porter, retourne au bar.

L'Exécuteur perçut le bruit d'une porte puis celui du plateau que l'on déposait sur un meuble.

— Ecoutez, major, fit la voix bien reconnaissable de Carmi, il est temps pour vous d'avancer, d'élargir vos horizons, de faire valoir votre talent, surtout si la marchandise est de qualité égale à l'échantillon que nous avons ici.

— Oui, bien sûr. Mais je me suis laissé dire que nos affaires pourraient être contrariées par certains... problèmes.

— Je le réalise, mon ami. Mais nous tenons la situation bien en main. Nous sommes des professionnels, pas de petits malfrats de la rue.

La voix de Stavichky se fit tranchante :

— Combien êtes-vous disposé à payer ?

— Le tarif standard, plus dix pour cent du chiffre d'affaires, répondit Carmi après un temps de silence.

— Vous n'êtes pas très généreux.

— Je peux faire un effort si la marchandise est livrée rapidement.

— Elle est déjà conditionnée.

— Prête à l'échange ?

— Où vous le voudrez. Je crois que nous nous devons un minimum de confiance mutuelle, nos intérêts vont dans le même sens, n'est-ce pas ?

— Tout à fait. Je propose ce soir. Ce n'est pas un délai trop court pour vous ?

Carmi essayait de coincer le Russe mais ce dernier répondit du tac au tac :

— Où ?

— Eh bien... Disons, entrepôt 24, dock N° 2. A 10 heures, ça vous va ?

— Nous y serons, assura sèchement Stavichky. Vous parliez d'un effort ?...

— Disons... quinze pour cent au lieu de dix.

— D'accord, répondit le Russe.

Il y eut un brouhaha puis un bruit de raclement de chaises et la grosse tête mafieuse ajouta :

— Je suis sûr que nous faisons tous une excellente affaire, Youri.

— Je l'espère, Carmi, je l'espère.

Dans la réponse du Russe retransmise par le micro-émetteur, Bolan sentit que celui-ci n'en était pas vraiment convaincu.

L'Exécuteur non plus. Il vit les « conférenciers » redescendre, échanger encore quelques paroles puis se quitter. Derrière eux, Bertrand Galiani rejoignit le comptoir sur lequel il déposa le plateau avec son contenu qui avait à peine été touché. Profitant du mouvement qui s'opérait vers la sortie de la salle, Bolan récupéra le micro-émetteur et l'empocha.

Il vida son verre, se leva et sortit. L'affaire se présentait bien. Mais comment se déroulerait la suite des événements ? La transaction allait sans nul doute s'effectuer sous un maximum de surveillance. Il y aurait de gros bras mauvais comme des chiens galeux au rendez-vous. Et des tireurs embusqués en protection. Les gros moyens, quoi !

Bolan en avait vu d'autres. Des moyens, il en avait aussi à sa disposition. Il ne pouvait utiliser son char de guerre dans une agglomération telle que Boston sans faire courir de grands risques à la population civile, mais le van recélait largement de quoi opérer une offensive localisée et judicieusement dirigée.

L'Exécuteur avait le temps de se préparer au combat. Il lui fallait aussi s'occuper d'une certaine jeune femme qu'il avait tirée de l'enfer de la mafia.

Il n'était pas question de la garder avec lui, c'était trop risqué. Le danger pouvait survenir de partout et à n'importe quel instant. Il songea alors que le mieux était de la placer sous la surveillance de Jerry Mac Lyman, un flic dur et droit en qui il avait confiance.

Ensuite, il s'occuperait de Sam Carmitcher et consort.

CHAPITRE IX

Derrière les grillages rouillés et arrachés par endroits, l'ancien entrepôt de la T & M Corporation offrait au regard de Mack Bolan les traces d'un incendie vieux de trois ans. La nuit était si sombre sur ce dock où l'éclairage public faisait défaut qu'il devait fouiller l'obscurité à l'aide d'un système de visée nocturne Startron. Grâce aux renseignements obtenus au Dragon bleu, il avait facilement pu localiser ce grand hangar en ruines où Sam Carmi et les Russes devaient procéder à l'échange de la came.

C'était en des lieux sinistres comme celui-ci que transitait généralement l'héroïne en provenance de l'Est. Révolution dans ce genre de tractation : la marchandise arriverait déjà conditionnée, prête à être introduite sur les différents marchés visés. Pour les acheteurs, on évitait les risques de repérage des laboratoires de transformation. De plus, cela permettrait une diffusion rapide du produit, mais nécessiterait une confiance inhabituelle pour les parties en cause.

Il est vrai que le temps ne jouait pas en leur faveur. Les derniers événements imposaient une mise en place des plus rapides. Donc, Carmi n'avait pas hésité à octroyer à Stavichky cinq pour cent de plus. Ainsi, il défiait toute concurrence des autres pourvoyeurs indépendants qui essayaient régulièrement de lui piquer une part du marché.

Depuis que l'Exécuteur se tenait en observation sur le dock en vis-à-vis, pas un véhicule n'était venu user ses pneus dans ce coin depuis longtemps désaffecté. Et, manifestement, Carmi ne craignait guère la visite inopinée d'une patrouille de police. Les enveloppes qu'il distribuait chaque fin de mois étaient le garant de sa tranquillité.

Bolan savait de quelle façon le mafioso se protégeait du danger représenté par les forces de l'ordre. Ce dernier avait su placer une partie du gros pognon noir là où il le fallait pour obtenir des privilèges dont il usait et abusait sans scrupules. Depuis un certain temps, ces avantages lui coûtaient vraiment très cher, mais il s'en foutait, sachant que des flots de dollars se déverseraient bientôt dans ses caisses secrètes.

Bien sûr, il lui faudrait tôt ou tard rendre des comptes à Ange Castellano, l'homme qui lui avait donné sa chance. Mais, l'heure venue, personne ne trouverait à redire à ses dépenses somptuaires. La réussite va bien à l'homme, dit-on. Elle irait magnifiquement bien à Sam le Chanceux. C'était du moins ce que pensait celui-ci.

L'Exécuteur eut un sourire glacé dans l'obscurité. Cette nuit, il allait déclencher un ouragan dont la mafia ferait les frais. Il ne s'agissait pas d'une tentative d'élimination massive, Bolan ne pouvait prétendre éliminer toute la pègre de Boston sur ce dock désert. Il s'agissait plutôt de créer un événement suffisamment important pour que la mafia locale ne puisse plus par la suite remettre des gens en place et recommencer la même magouille.

Il fallait un blitz à grand spectacle pour déclencher les médias.

Il avait placé à côté de lui quatre missiles portables FIM-92A Stinger, des engins très utilisés dans l'armée américaine et surtout dans l'US Marine Corps. Fabriqué par la General Dynamics qui avait déjà conçu le Red-Eye, le FIM-92A est doté d'un système d'identification de cible pré-réglable d'une fiabilité à toute épreuve, pour une portée de cinq kilomètres. C'était plus que suffisant pour les performances que l'Exécuteur en attendait. Il comptait d'ailleurs beaucoup plus sur l'effet de destruction du Stinger que sur sa précision pour une portée aussi courte.

Il portait sa combinaison noire de combat qui lui permettait de se confondre totalement dans l'obscurité et avait fixé son habituel harnachement de guerre. Un petit micro-directionnel était posé à côté de lui, prêt à capter une éventuelle conversation à une distance maximale de deux cents mètres.

Cela faisait maintenant presque une heure qu'il se tenait en poste d'observation et il ne se produisait toujours rien. Il était 21 h 40. Logiquement, Sam Carmi aurait déjà dû faire occuper les lieux et surtout ses alentours par une équipe de guetteurs. Ou alors il était vraiment très sûr de lui.

Enfin, à 21 h 55, une Camaro bleue se glissa presque silencieusement sur le dock N° 2 et Bolan, à travers l'optique du Startron, dénombra quatre porte-flingues à son bord. Ceux-ci quittèrent le véhicule dès qu'il se fut arrêté devant l'entrepôt et se déployèrent pour prendre des positions de surveillance. Dès qu'ils furent en place, une seconde voiture fit son apparition et s'arrêta devant le hangar. Une grosse Continental noire.

David Scoloda en descendit, accompagné de trois *soldati* armés de riot-guns qui s'adossèrent aussitôt devant le hangar. La porte métallique grinça abominablement sur son rail rongé par la rouille et le mafioso pénétra dans l'entrepôt où une lumière faible s'alluma bientôt. Ce fut ensuite au tour de Lino Pellini de mettre pied à terre.

Teinté par la lueur verdâtre du Startron, son visage se découpa nettement devant le grand battant métallique, tendu et crispé. Il échangea quelques mots avec David Scoloda et Bolan vit ce dernier faire quelques pas sur l'entrepôt, comme s'il cherchait quelqu'un.

La troupe n'était pas au complet. Doucement, l'Exécuteur fit décrire au Startron un arc de cercle qui lui permit de localiser un troisième véhicule embusqué sur le chemin d'accès au dock. Bon, c'était l'une des équipes de couverture. Les *amici* en avaient sûrement posté une deuxième derrière le dock pour verrouiller le périmètre.

Où était Sam le Chanceux ? Avait-il décidé de se tenir à l'écart de la transaction ? C'était peu probable. Le gros mafioso n'allait sûrement pas laisser passer l'événement sans en contrôler lui-même le bon déroulement.

Comme pour répondre à sa muette question, une

Cadillac gris métallisé s'annonça dans le champ du Startron, roulant doucement et les phares éteints. Après un coup de zoom, la face rogue du boss se dessina derrière le pare-brise dans un halo verdâtre. Sur la banquette arrière, trois silhouettes trapues étaient également visibles.

O.K., maintenant tout était conforme. Il ne restait plus qu'à attendre l'arrivée des Russes. Ceux-ci se pointèrent avec près d'un quart d'heure de retard dans une Mercedes 500 qui déboucha très doucement sur le dock. La lumière de ses phares inonda brusquement les abords de l'entrepôt, mettant en évidence les deux véhicules à l'arrêt ainsi que la petite troupe de malfrats disséminée tout autour. Puis l'obscurité se fit de nouveau. Des portières s'ouvrirent, libérant Pavlov et Stavichky qui s'acheminèrent aussitôt vers la monumentale porte métallique. Dolianov resta au volant en compagnie d'un colosse aux pommettes saillantes et au crâne rasé.

Bolan activa son micro directionnel tandis que la silhouette massive de Sam Carmi s'avançait à la rencontre des Russes. Hargneusement, il lança :

— A quoi jouez-vous, Stavichky ?

— Un retard d'un quart d'heure n'est pas un drame, répliqua sèchement le major.

— Je ne parle pas de ça, mais de cette connerie d'appel de phares. Vous vous croyez où ?

— Je suis tout simplement prudent.

— Vous vous méfiez ?

— Je tenais à vérifier que tout est conforme, Carmitcher. Vous avez encore quelque chose à dire ?

Le boss haussa les épaules, puis :

— O.K., O.K... Vous avez la came ?

Immédiatement, Stavichky sortit de sa poche un petit talkie-walkie dans lequel il lança :

— Doly, Krazos... amenez le chargement.

Il ne fallut que quelques secondes pour que les deux hommes les rejoignent, chargés chacun de deux grosses valises qu'ils avaient sorties du coffre arrière de la Mercedes.

Ensuite, le groupe s'engouffra dans le bâtiment et l'Exécuteur les perdit de vue. Il dut changer de place pour retrouver un axe d'observation qui lui permettait de nouveau une vision d'ensemble correcte.

Sam Carmi était assis derrière une grande table en métal sur laquelle on avait déposé les valises ainsi qu'un attaché-case noir. Autour du boss se tenaient Lino Pellini et David Scoloda et, légèrement en retrait, Bert Galiani. En face d'eux, Youri Stavichky et Pavlov observaient les préparatifs avec un détachement apparent. A l'écart, à quelques mètres derrière eux, Dolianov et l'énorme Krazos ressemblaient à deux statues de marbre.

— On y va ? fit Carmi d'une voix rauque.

Après un petit signe de tête, Stavichky poussa l'une des valises en direction du mafioso :

— Vérifiez. Le contenu est de premier ordre et conforme au contrat.

Sam fit un geste à l'adresse de Pellini qui saisit un petit tube à essai et commença à vérifier la poudre blanche. Il fallut un peu plus de deux minutes au terme desquelles Pellini annonça :

— Correct. Mais j'ai un doute sur la quantité. Combien y a-t-il de paquets dans chaque valise, Stavichky ?

— Cent vingt.

— Ça fait donc quatre cent quatre-vingts pacsons en tout, hein, c'est bien ça ?

Pellini lança un regard significatif à Carmi qui grimaça.

— Vous vous foutez de moi, Stavichky ? Ça ne représente que la moitié de la livraison de came.

— Et alors ? Je ne vous ai jamais dit que je vous livrerai le tout en une seule fois. Comment dit-on, chez vous ?... On ne met pas tous ses œufs dans le même panier ?

La face du boss se congestionna et il cracha sourdement :

— Espèce d'enculé de Moujik !

— Vous avez tort de le prendre comme ça, rétorqua trop calmement le Russe. Payez d'abord cette première livraison et vous aurez la seconde demain soir. De toute façon, si je vous avais tout amené d'un coup, vous ne réussiriez pas à l'écouler suffisamment vite.

— Ça, c'est mes oignons !

Le Russe eut un sourire ironique. Sans se départir de son calme, il rétorqua :

— Puis-je maintenant voir la couleur de votre argent, Sam ?

— Qu'est-ce que t'en penses, Lino ?

— Je crois qu'on peut faire confiance au major. Il a besoin de notre fric et nous avons besoin de sa marchandise.

— Oui, tu as raison. Il ne lui viendrait sûrement pas à l'esprit de nous rouler, hein ?

— Pas plus que vous, fit Stavichky toujours avec son sourire ironique. Nous sommes des hommes d'honneur.

— Bon, David, tu peux remettre notre partie du marché.

Scoloda s'avança, ouvrit l'attaché-case qu'il plaça devant le major russe. Celui-ci se tourna vers le dealer :

— Vérifie, Pavlov.

Pavlov commença à compter les billets. De nouveau, il y eut une attente exaspérante pour Carmi qui finalement reçut la remarque du Russe comme un soufflet en plein visage :

— Vous non plus, vous ne mettez pas tous vos œufs dans le même panier, Sam. Il y a dans cette mallette tout juste cinquante pour cent du règlement.

La tension nerveuse monta de plusieurs crans en deux secondes. Des mains se glissèrent automatiquement vers des crosses de revolvers, des visages se durcirent dans un silence menaçant. Puis Carmi se racla la gorge, lâcha un début de phrase incohérent avant d'émettre un ricanement gras.

— Bravo ! On marque un point partout, gloussa-t-il. Faut reconnaître que vous êtes un sacré mec, Stavichky. Un putain de Moujik mais un sacré mec !

Le major referma l'attaché-case tout en disant :

— Je suis entièrement de votre avis, Sam. Entre sacrés mecs on se comprend, n'est-ce pas ? Toujours d'accord pour la livraison de demain soir, même heure ?

Carmi allait répondre quand une fantastique déflagration vrilla les tympans et souleva un nuage de poussière dans le hangar. Simultanément, les *amici* et les Russes plongèrent au sol comme s'ils cherchaient à s'incruster dans le ciment. Lorsque le nuage de poussière commença à se dissiper, ils purent apercevoir l'un des deux panneaux de la porte métallique dont la tôle avait été arrachée, présentant un trou béant de plusieurs mètres. Une odeur âcre remplissait les lieux.

— Billy ! Qu'est-ce que c'est que ce bordel ? hurla le boss du Massachusetts entre deux quintes de toux.

Une voix plaintive lui parvint en retour, de l'extérieur :

— Billy est mort, patron ! Deux autres gars se sont fait souffler avec lui, c'est affreux !

Carmi se releva, son costume souillé de taches et déchiré au genou. Il jeta un regard de dément aux personnages présents autour de lui. Tous étaient pétrifiés par la soudaineté de l'explosion.

— Qu'est-ce que vous attendez pour aller voir ce qui se passe ? clama-t-il hystériquement. Bougez-vous le cul, nom de Dieu !

Bolan tenait en main le Stinger encore chaud. Il déposa le tube vide à ses pieds et s'empara d'un fusil d'assaut Ruger. Les cadavres de trois mafiosi gisaient à côté de l'entrée du hangar dans un éclaboussement de sang et de chair carbonisée. Un bras et une jambe semblaient faire corps avec les parties métalliques éventrées de l'entrepôt.

Après un temps de flottement, des silhouettes se ruèrent sur le dock, venant de partout, et des coups de feu partirent à tout-va dans un invraisemblable tintamarre entrecoupé d'ordres beuglés par deux chefs d'équipes.

Galiani lui-même tiraillait aveuglément avec son

automatique, couché à plat ventre sur le sol huileux du dock, et la silhouette de Pellini se découpa brièvement contre le hangar pour aller se planquer derrière un amoncellement de fûts.

L'Exécuteur, lui, pilonnait la position adverse à coups de balles de .223, couchant des mafiosi, en faisant valser d'autres dans une sinistre danse de la mort. Les équipes de verrouillage étaient venues en renfort, se massant de chaque côté de l'entrepôt ou au contraire s'éparpillant pour offrir moins de prise au tireur embusqué.

Cessant un instant de tirer, Galiani rugit :

— Ça vient du quai opposé ! Mike, envoie quelques gars là-bas ! Les autres, lancez-moi un tir de barrage ! Foncez, putain de merde !

Dans sa lunette de visée, Bolan entrevit la tête de Frank Burner le Chinois. Il ne l'avait pas vu arriver, celui-là, mais il était bien présent. Son visage boursouflé aux yeux bridés était tourné vers Bolan, figé dans une expression ahurie. Un frelon de plomb et de cuivre s'enfonça dans son front, figeant pour le compte l'horrible grimace.

Le long du quai opposé, six hommes couraient pour rejoindre celui occupé par l'Fxécuteur. Une grêle de plomb s'abattait autour de lui, arrachant des éclats de ciment et commençant à menacer une double rangée de barils à proximité de l'endroit où il se tenait. Ramassant les trois Stinger, il en passa les bretelles à ses épaules et changea de position. Il l'avait vérifié, les fûts étaient pleins de pétrole.

Lorsqu'il s'en fut suffisamment éloigné, il arma l'un des Stinger et fit aussitôt feu sur l'amoncellement de tonneaux qui explosèrent dans une monstrueuse gerbe de feu dont les gouttelettes se répandirent jusqu'à l'entrepôt. Bolan s'était réfugié sous une grue de chargement dont la carcasse rouillée lui procurait un abri suffisant. Mais il n'avait pas l'intention de s'en tenir là. Il avait foutu en l'air le stock de pétrole dans le but de créer une diversion et il semblait que c'était réussi.

Galiani s'était redressé et bramait en tendant un bras vers le lieu de l'explosion :

— On l'a eu, l'enfoiré ! Putain ! Le con s'était planqué derrière les tonneaux de pétrole !

Quelques secondes plus tard, Pellini apparut à découvert, franchissant la déchirure béante de la porte métallique.

— T'es sûr qu'il est liquidé ? demanda-t-il d'un ton méfiant.

— Comme je vous le dis, patron ! C'est de là-bas qu'il nous canardait et...

— Moi, j'en suis pas certain. Envoie du monde sur place pour vérifier.

Galiani siffla dans ses doigts en direction des six *soldati* chargés de donner l'assaut au quai N° 3 et qui s'étaient immobilisés lors de l'explosion.

— Fouillez les décombres, leur ordonna-t-il. Passez-moi tout au peigne fin. Et faites gaffe !

Puis les Russes se découvrirent à leur tour, prudemment, de même que Sam Carmi et David Scoloda.

— Ça a l'air d'être vrai, fit remarquer ce dernier. Cette sale pute a eu son compte.

Venant le détromper, une rafale trépidante se fit entendre et il vit trois hommes se mettre à danser hystériquement à quelques mètres de lui avant de s'affaler dans un bouillonnement de sang. Lui-même prit une balle dans le ventre, une autre dans la poitrine et une troisième lui emporta la moitié du front en même temps qu'un peu de cervelle.

C'était de nouveau la pagaille la plus complète. Incapable de comprendre d'où venaient les coups de feu, les truands tiraient sur tout et sur rien, surtout sur rien, s'acharnant à répondre à un tir invisible. A l'intérieur du hangar, le même désordre régnait. Les Russes ainsi que Carmi et trois de ses gardes avaient reflué dans l'entrepôt.

Aussi soudainement que la première fois, une seconde explosion déchira le côté ouest de l'entrepôt. Cette fois, le missile entraîna dans son feu quatre *soldati* et une bonne partie de l'édifice.

Stavichky cria une phrase que Carmi n'entendit pas mais il en comprit le sens. Le Russe demandait s'il existait une sortie de secours. Sans répondre, le boss du Massachusetts s'achemina nerveusement vers une pile de caisses qu'il entreprit d'écarter à grands coups de pied pour se frayer un passage.

— Fous le camp ! cracha-t-il à l'intention de Stavichky.

Il le menaça de son pistolet puis s'enfonça dans le passage qu'il venait de se ménager.

— Doly ! Krazos ! lança le Russe à destination de ses deux hommes de main. Couvrez-nous, on va sortir !

Après avoir empoigné l'attaché-case sur la table de métal, il fit un signe à Pavlovsky et se mit à courir vers la sortie.

Sur le quai, des hommes tombaient régulièrement. D'autres s'efforçaient d'enrayer le feu ennemi en tirant comme des déments sur le quai en vis-à-vis. Pourtant, de l'autre côté, les rafales se poursuivaient régulièrement, aussi implacables que meurtrières.

Youri Stavichky avait bientôt rejoint la Mercedes, Pavlov à côté de lui et ses deux gardes le protégeant sur ses arrières. Il allait poser la main sur la poignée de portière quand une secousse brutale lui arracha l'attaché-case des mains. Une fraction de seconde plus tard, il ressentit une brûlure dans une fesse et lança un cri strident.

— Doly ! hurla-t-il. Doly ! Foutons le camp d'ici, on va tous se faire tuer.

Déjà, Dolianov s'était jeté derrière le volant et lançait le moteur, le faisant gronder comme un fauve.

— Vas-y ! Qu'est-ce que tu attends ?

— Krazos !

Le colosse au crâne rasé était accroché à une portière qui refusait de s'ouvrir, probablement verrouillée de l'intérieur. A travers les vitres, Stavichky entrevit sa face contractée dans un rictus de douleur quand il prit plusieurs projectiles en pleine poitrine.

— Démarre ! ordonna-t-il à Dolianov.

La Mercedes bondit en avant, le chauffeur allumant ses phares pour éclairer le quai constellé d'embûches. Devant eux, un type détalait à toutes jambes. Quand il tourna la tête derrière lui, ils reconnurent Lino Pellini. Le boss en second filait sans demander son reste. Brusquement, il trébucha sur le sol inégal, s'affala de tout son long et la Mercedes blindée lancée à pleine vitesse l'écrasa de ses deux tonnes. Il y eut une abominable secousse quand les pneus passèrent sur son corps.

Une cinquantaine de mètres en arrière, trois *mobsters* se bousculaient pour prendre place dans la Camaro quand un sifflement caractéristique précéda une violente déflagration qui pulvérisa le véhicule et ses occupants. Ensuite, un tir nourri crépita, fauchant sans merci les quelques survivants qui s'agitaient encore sur le quai. Un bruit de moteur se fit entendre loin derrière l'entrepôt. Quelques-uns d'entre eux, plus chanceux, ou ayant un instinct de survie mieux chevillé au corps, s'enfuyaient à bord d'une voiture de couverture.

Au bout d'une quinzaine de secondes, le silence retomba sur les lieux comme un linceul. Une silhouette sombre et rapide s'infiltra alors dans l'entrepôt. Elle eut un geste précis pour dégoupiller et projeter une grenade incendiaire en direction du stock de came.

L'explosion se produisit alors que l'Exécuteur s'était déjà éloigné d'une dizaine de mètres du hangar, le feu se propageant immédiatement à l'ensemble des installations et détruisant les espoirs de Sam Carmi.

Dans la lueur de l'incendie, Bolan se baissa pour ramasser l'attaché-case qui avait échappé à Stavichky, puis poursuivit son chemin jusqu'à une zone ténébreuse dans laquelle il parut s'engloutir.

Au loin, des sirènes commençaient à faire entendre leur chant lancinant. Les flics et les pompiers arriveraient trop tard. L'Exécuteur pouvait se replier, l'effet psychologique escompté allait bientôt éclater, ce n'était plus qu'une affaire de quelques heures.

Combien y avait-il dans l'attaché-case? Un million de dollars, deux peut-être? Peu importait. La prise de guerre allait alimenter la caisse de l'Exécuteur. Il savait comment transformer l'argent des *amici* en matériel de combat qu'il utiliserait ensuite pour démanteler leurs sombres magouilles.

Le grand nettoyage était plus qu'entamé.

CHAPITRE X

L'effervescence était à son paroxysme dans les studios de la télévision locale relayée par les grandes chaînes nationales. Tout le monde s'affairait à préparer le journal de minuit. Il y avait en effet de quoi alimenter abondamment cette heure d'écoute. Les événements du début de la nuit parlaient d'eux-mêmes et révélaient sans conteste possible le trafic impliquant certains truands notoires, des hommes d'affaires plus ou moins louches et des politiciens bien connus. C'était une véritable bombe médiatique que le journaliste Michaël Simpson avait lancée, un Watergate à l'échelle du Massachusetts. Il ne pouvait évidemment encenser l'homme qui était responsable du grand nettoyage, celui-ci étant toujours considéré comme un dangereux criminel. Il ne pouvait non plus s'empêcher d'en parler avec une certaine admiration et sa voix vibrait alors.

— LBC Boston, édition de minuit, bonsoir !

Trois notes annoncèrent la suite :

— A l'amorce de la nuit, un important trafic de drogue a été mis à jour par l'action combinée de la police locale et du FBI. Cette affaire met en cause bon nombre de personnages politiques, des ressortissants russes, ainsi que certains membres des forces de l'ordre. Jamais encore notre ville n'avait connu un tel scandale dû à la corruption qui s'est opérée à haut niveau depuis plusieurs mois. Le coup d'envoi a été donné ce soir, vers dix heures, lorsqu'une intense fusillade a commencé sur le dock N° 2, ponctuée du tir d'armes de guerre qui ont occasionné des dégâts très importants à un entrepôt ayant appartenu à la compagnie T & M. En plus des dégâts matériels, on dénombre quatorze morts dont les cadavres ont été découverts sur place.

« D'après les rapports de police, la T & M Corporation serait dirigée par un homme de paille sous contrôle des *mobsters* de *Cosa Nostra.* D'ailleurs, les corps identifiés après la fusillade sont ceux de gangsters bien connus des services officiels, bien qu'auparavant ceux-ci n'aient jamais été inquiétés par la police. Et l'on comprend pourquoi lorsqu'on sait que de nombreux pots-de-vin étaient versés à plusieurs responsables du BPD.

« Mais l'éclatement de cette singulière affaire est dû à un homme dont tout le monde a entendu parler, Mack Bolan, plus connu sous le nom de l'Exécuteur.

Michaël Simpson se tut et des images apparurent à l'écran, celles d'un grand hangar délabré aux parois éventrées et tachées de sang. Des cadavres recouverts de draps s'alignaient sur un quai où l'on voyait également les carcasses de deux voitures éventrées.

— Ce tableau significatif est l'œuvre de l'Exécuteur, reprit Simpson en voix « off ». Celui-ci nous a d'ailleurs passé très tôt dans la matinée un appel téléphonique dont voici un extrait.

Tandis que les images lugubres continuaient de défiler, le voix du chroniqueur se fit de nouveau entendre :

— « Mack Bolan, allez-vous déchaîner la foudre contre les *mobsters*, à Boston ? »

Une seconde voix, grave et bien timbrée, passa aussitôt sur l'antenne :

— « Affirmatif. Les événements m'y poussent. Je veux que vous fassiez le plus de bruit possible autour des récents événements. Je veux parler de ceux concernant le député Chuck Milton et Sam Carmitcher alias Samuel Carmi, le gros bonnet de la mafia au Massachusetts.

— « Ça ne pose aucun problème, d'autant que ça fait déjà pas mal de bruit.

— « Je souhaite que Milton craque. O.K. ?

— « O.K. Mais avez-vous au moins des informations pour étayer l'échafaud de Milton ?

— « Sam Carmitcher est l'ordure qui a mis en place Chuck Milton et d'autres politicards pour faire fonctionner tranquillement son réseau. Ça va loin : trafic d'influence, corruption, chantage à grande échelle, prostitution au top niveau... Une grande partie des membres locaux du Congrès est complètement aux mains des *amici*.

— « Pourquoi continuez-vous de faire cette guerre aux *mobsters* de la mafia ? N'êtes-vous pas fatigué de leur courir après ?

— « Un peu, oui. Mais si je m'arrête, c'est eux qui vont me courir après et ils finiront par avoir ma peau. Alors je bouge sans arrêt.

— « C'est inhumain.

— « Ça fait partie du jeu.

— « Mais vous avez fait un choix, au début ?

— « Non. Je n'ai pas voulu cela. J'ai simplement voulu venger ma famille. Les *amici* sont responsables de ce qui est arrivé. Ensuite, j'ai été pris dans l'engrenage.

— « Et vous continuez...

— « Oui. L'interview est terminée, Simpson, je n'ai plus de temps.

— « Attendez, une dernière chose... A quel degré le député Chuck Milton est-il impliqué avec les *mobsters* ?

— « Au plus haut degré, soyez-en certain.

— « Vous avez l'intention de continuer votre guerre ? Je veux dire ici, à Boston...

— « Bien sûr. Ça ne fait que commencer.

— « Si vous étalez réellement des preuves, ça va faire un scandale fantastique.

— « Les preuves arriveront. Rassurez-vous. »

Il y eut un déclic de fin de communication. Les images de désolation cessèrent d'apparaître et Simpson revint à l'écran, poursuivant :

— Ce personnage qui est depuis longtemps sous le coup d'un mandat d'amener pour banditisme et terrorisme, est également toujours considéré par l'armée comme déserteur. Pourtant, Mack Bolan, tout au long de ses activités illégales, ne s'en est jamais pris à ceux qu'il appelle lui-même les civils, les gens normaux. Bien au contraire, ses actions ont toutes été dirigées contre la pègre de la mafia à qui il a porté des coups aussi inattendus que dévastateurs. Peut-on continuer à affirmer que cet homme est réellement un criminel ?... En regard de la loi, oui évidemment, puisqu'il enfreint sans vergogne toutes les règles édictées par la société. Mais la question se pose sur le plan moral. Doit-on le condamner aveuglément, sans appel, alors qu'il fait un travail que les policiers sont dans l'impossibilité d'accomplir, handicapés justement par ces lois dont se gaussent les vrais criminels, ceux qui appartiennent à l'organisation mafieuse et aussi ceux qui sont leurs complices...

La suite du reportage montra des prises de vues effectuées à l'aide de caméras mobiles dans la rue. On y vit le congressiste Chuck Milton cadré de près, marchant vite sur un trottoir pour échapper aux journalistes.

— Monsieur Milton, qu'avez-vous à déclarer au sujet des événements qui secouent la cité depuis vingt-quatre heures? Que pouvez-vous répondre concernant les accusations dont vous faites l'objet?

— Je n'ai rien à dire! cracha le député d'un air excédé. Tout cela n'est que mensonge...

Une autre scène, de nuit celle-là, dévoila Sam Carmitcher sortant d'une voiture devant une somptueuse villa de Cambridge, le quartier universitaire. Un morceau de sparadrap lui barrait le front. Son costume était souillé de taches et déchiré par endroits. Lorsqu'un journaliste voulut l'interviewer, deux gardes du corps les repoussèrent violemment et l'image bascula.

— Voilà de quelle façon ce genre de citoyen traite les journalistes en train d'accomplir leur métier, commenta Michaël Simpson. Notons cependant que Sam Carmitcher est beaucoup plus clair dans sa façon de s'exprimer que le député Chuck

Milton. Il n'a fait aucune allégation au sujet d'un mensonge concernant ses troubles activités. Alors, la question est posée : quand la vérité va-t-elle éclater, quand le mensonge et la corruption cesseront-ils de contaminer notre ville ?

Dans un salon d'une luxueuse villa, quatre hommes fixaient l'écran d'une télé qui diffusait l'histoire trop souvent répétée d'une mégalomanie galopante mettant en cause un trust de truands et de notables. Le député Chuck Milton semblait littéralement hypnotisé par ce qu'il voyait et entendait. Le visage de Carmi, assis à côté de lui, s'empourprait et se déformait au fur et à mesure que les commentaires distillés par le journaliste lui parvenaient. Bertrand Galiani, lui aussi rescapé de ce magnifique fiasco, écoutait, l'œil bas, et la mine déconfite. Ralph Douglas téléphonait au sénateur Lonnie Randall et lui annonçait le résultat catastrophique de la transaction. Puis il obtura le combiné téléphonique de sa main droite en la plaçant sur le micro et se détourna en direction de Sam Carmi :

— Le sénateur Randall voudrait vous parler.

Carmi, au bord de l'apoplexie, mit quelques secondes à répondre :

— Pas maintenant !

— Il veut absolument vous parler maintenant, monsieur Carmi.

— J'ai dit pas maintenant, compris ?

— Il me demande de vous dire qu'il stoppe tout...

Carmi éclata. Il se leva et arracha le combiné des mains de Douglas :

— Quoi ? Qu'est-ce que vous stoppez, sénateur de mes fesses ?

Toutes les têtes s'étaient immédiatement tournées vers le despote malade de sa défaite. A l'autre bout de la ligne, Randall attaquait d'un ton gêné mais catégorique :

— Ecoutez, Sam, c'est pas que j'aie peur de quoi que ce soit, mais...

— Mais rien du tout, salopard ! Tu vas faire ce qu'on te dira de faire. Tu comprends ça ?

— Non, Carmi ! Je préfère encore une compromission dans une sombre histoire de mœurs comme celle dont vous me menacez. C'est ma tête qui est en jeu. Je ne peux plus rien faire... je suis grillé.

Sam souffla de rage. Il comprenait que tout lui glissait entre les doigts. Il devait réagir vite, reprendre la situation en main, si cela se pouvait encore... Sa voix se fit volontairement plus amicale, malgré la colère qui lui rongeait la cervelle, et il enchaîna, reprenant le vouvoiement :

— Ecoutez, sénateur, vous n'avez rien à craindre de tous ces emmerdeurs. Nous avons à New York des amis influents qui feront taire vos détracteurs.

— Je ne marche plus, Carmi. C'est trop risqué.

Les doigts du mafioso se serrèrent sur le combiné comme s'ils voulaient étrangler le lâcheur.

— Bon, O.K. ! Va te faire foutre, tapète ! Mais ne crois pas que tu vas t'en tirer comme ça ! T'entends ?

Mais Lonnie Randall n'entendait plus. Il avait raccroché avant même d'attendre la fin de la phrase.

— Bâtard ! Pourriture de politicard de merde ! hurla Carmi. Ça en croque tant que tout va bien et...

Il ressemblait maintenant à un gros barracuda

privé de nourriture après plusieurs jours de chasse, il en avait aussi la couleur terne. Chuck Milton se leva maladroitement de sa chaise et annonça d'une voix à peine audible :

— Je dois filer, j'ai du travail en retard.

Le barracuda de Boston venait de trouver une nouvelle proie :

— Ah, je vois... Toi aussi t'as les foies, hein ?

— Non, non, ce n'est pas ça...

— Alors quoi ? L'honorable Chuck Milton vient de retrouver sa vertu ?

— Ça n'a rien à voir.

— C'est quoi alors, t'as la chiasse et tu cherches les chiottes ?

Sam Carmi se rua sur Milton et l'empoigna par le col en le secouant brutalement.

— Toi aussi tu veux te tirer, hein? Tu veux peut-être aller dégoiser tes conneries chez les poulets...

— J'ai du travail, monsieur Carmi.

— Bertie ! Flingue-le !

Totalement abandonné à sa colère, Carmi devenait complètement fou. Ralph Douglas intervint pour tenter de sauver la situation :

— Sam ! Vous n'êtes pas sérieux ?

— Toi, casse-toi de là, c'est pas tes oignons !

— Sam ! reprit Ralph Douglas. Je suis sûr qu'il y a maldonne. Chuck Milton ne veut sûrement pas nous créer de complications, n'est-ce pas Chuck ?

Le visage décomposé, le député voyait en Ralph la seule solution qu'il avait de sortir en vie de cette pièce. Il était prêt à affirmer n'importe quoi pour se sortir de la situation.

— Tout à fait. Ralph a raison, je suis toujours avec vous... Bon Dieu, vous pouvez compter sur moi Sam !

Le mafioso se calma d'un coup. Soudain, il découvrait ce qu'était réellement la larve humaine qu'il avait placée au pouvoir. Il respira bruyamment et lâcha d'une voix basse :

— Ouais, c'est ça, je peux compter sur toi, hein ?

— Oui, monsieur Carmi, je vous l'assure...

— Bertie, fous cette merde dehors, loin de ma vue.

Galiani agrippa le bonhomme tremblant, lui fit franchir le seuil de la porte et lui glissa quelques mots avant de refermer :

— Désolé, Milton, j'ai pas le choix. Vous comprenez, j'espère.

— Je... je comprends..., fit la voix lamentable de celui qui avait été un politicien de haut vol.

Le major Youri Stavichky était allongé sur le ventre, le pantalon au niveau des genoux, toute fierté envolée. Pavloski Nerevich tenait en main un linge taché de sang dont il s'était servi pour nettoyer la blessure. Une balle dans la fesse gauche après un ricochet. Ce n'était qu'une blessure en séton mais elle avait beaucoup saigné et c'était surtout très mal placé.

Terminés, les rêves de Stavichky, explosés ses ambitions démesurées ! Tout cela à cause de l'inefficacité de cette ordure d'Italo-Américain ! Le Russe ne souffrait pas seulement dans sa chair. Son enthousiasme à l'idée d'un retour triomphal au pays n'était plus qu'un tas de cendres. Il devrait disparaître, s'évanouir de la surface du globe. Perdre d'un coup la marchandise en même temps que la face était la signature de son contrat de mort. Il tourna son visage crispé par la douleur en direction de Dolianov lui aussi condamné par le résultat de cet infructueux échange.

— Il faut que tu te rendes chez ce porc ce Carmi, Doly.

— Oui... Et que dois-je faire ?

— Il doit nous payer la marchandise ! Nous la lui avons livrée, il n'a pas su la garder.

— Et s'il refuse ?

— Rassemble l'équipe des anciens Spetnaz.

— Ils avaient ordre de rentrer à Moscou après la transaction, major !

— Eh bien, ils rentreront après !

CHAPITRE XI

La Chevrolet aux vitres teintées venait de stopper devant le portail d'une belle demeure de Riverdale Street. D'après leur allure générale et leurs visages aux traits durs, les quatre occupants du véhicule n'étaient sûrement pas venus rendre une visite de politesse au propriétaire des lieux.

Le chauffeur pressa le bouton commandant sa vitre électrique et avança la main vers l'Interphone extérieur de la maison :

— Prévenez Carmi, annonça-t-il sèchement. Nous venons de New York.

Après un temps mort, la voix fluette de Galiani se fit entendre :

— Ouais, patientez un instant, je vais prévenir M. Carmi.

Bertrand Galiani n'était pas exactement d'une intelligence supérieure, mais il ne fallait pas sortir de Westpoint pour deviner le motif de cette visite inattendue. Il grimpa quatre à quatre l'escalier jusqu'au premier étage où se trouvait le bureau de son patron, frappa trois coups secs à la porte et attendit prudemment une réponse.

Cela faisait des heures et des heures que le boss s'était enfermé, ruminant des pensées lugubres et pleines de vengeance à l'encontre de la combinaison noire. Ces enfoirés de Russes avaient téléphoné plusieurs fois pour le joindre et, chaque fois, Galiani avait servi de tampon pour affirmer que Sam Carmitcher était absent. Ils voulaient se faire payer pour la marchandise détruite, alors qu'ils avaient déjà empoché l'argent. Ce petit con de Dolianov lui avait affirmé que Stavichky avait laissé l'attaché-case sur place. Vrai ou faux, il avait été payé et tant pis pour lui s'il avait été assez con pour se défaire du magot. Le grand perdant, dans tout ça, c'était Carmi.

De plus, les politiciens véreux le lâchaient lamentablement, prétextant avoir maille à partir avec de trop zélés policiers, menaçant même de dénoncer le boss du Massachusetts aux autorités redevenues efficaces et qui promettaient une certaine impunité en contrepartie. Ces charognes étaient prêtes à tout pour s'en sortir sans vagues.

Samuel Carmi et Ralph Douglas étaient en conversation téléphonique lorsqu'ils entendirent les coups frappés à la porte par Galiani.

Carmi aboya :

— Qu'est-ce que c'est, merde !

— Une visite de New York, m'sieur Carmi.

D'un air écœuré, Carmi tourna rapidement la tête vers Douglas qui leva les mains en l'air et fit une moue fataliste.

— Fais-les entrer dans le salon et qu'ils attendent, compris ?

— Oui, patron.

Carmi raccrocha le téléphone sans prendre soin

d'avertir son interlocuteur et grogna à l'adresse de Ralph Douglas :

— J'avais pas besoin d'eux.... putain !

— Il fallait s'y attendre Sam. C'est un fameux coup dur qui nous est arrivé.

— Ouais, je sais, mais Castellano devrait me donner le temps de reprendre en main l'opération.

Carmi s'adressait plus à lui-même qu'à l'agent marron de la CIA.

— Ecoute, Sam, je crois que tu te fais des illusions. L'opération, c'est un bide magistral, et New York t'a filé pas mal de pognon pour arranger ce coup, non ?

Pris à la gorge par les événements, le gros mafioso se sentait complètement dépassé. Mais il s'était trop mis en avant dans cette histoire et il se devait de rattraper l'irrattrapable s'il ne voulait pas finir au fond de la Dorchester Bay, les pieds dans un bloc de béton.

Il déclara soudain d'un ton qui ne supportait pas de réplique :

— Personne, et toi encore moins, ne peut me juger, t'entends ? Je vais reprendre tout en main et je veillerai la prochaine fois à ce que tout se déroule comme je le souhaite.

Ralph la Taupe savait trop bien qu'il n'y aurait plus de prochaine fois.

— O.K., Sam. C'est toi qui mènes la barque, tu fais comme tu veux.

Carmi, le mort en sursis, lui jeta un regard torve puis se dirigea vers la sortie. Il allait affronter son destin.

⁂

⁂

Le lieutenant Peter Boltzer avait contacté ses supérieurs à Washington et il avait reçu la permission de cuisiner un peu les huiles locales. L'affaire de Boston parvenait à un tournant décisif.

Bolan, de son côté, ne voulait pas s'arrêter en si bon chemin. Il aurait pu laisser les autorités poursuivre l'opération de nettoyage, mais il pensait qu'il y avait beaucoup trop de flics corrompus dans la cité. Même si ceux-ci donnaient à présent l'impression de marcher dans la plus stricte légalité, le danger d'une rechute se révélait trop grand.

Il devait faire en sorte que toute tentative similaire ne puisse se renouveler de sitôt à Boston.

Encore un effort, du nerf et des tripes, et la place serait quasi complètement débarrassée de ses gros rongeurs.

Sous le prétexte d'aller renifler l'atmosphère du côté de la préfecture, Ralph Douglas venait de quitter la villa de Carmi. En fait, il avait décidé que son double jeu était arrivé à terme. Plus question pour lui de prendre des risques inutiles avec un dément. Il possédait à présent suffisamment d'éléments de renseignements sur les Russes pour retourner sa veste et convaincre la CIA de sa loyauté.

Carmi, lui, était aux prises avec les huiles venues de New York. Quatre personnages des plus représentatifs de l'Organisation avaient investi sa maison : Pat Skudler, une sorte d'ambassadeur, bien que le terme ne soit pas exact, représentait la toute-puissante *Commissione*. Skudler n'était pas son vrai nom et peu nombreux étaient ceux qui le connaissaient : Antonio Léopardi, un petit cousin d'Ange Castellano, le nouveau *capo di tutti capi*.

Sous la couverture d'un homme d'affaires, il n'était en fait qu'un espion de Castellano et jouait surtout le rôle d'inspecteur des finances au plus haut niveau dans la toute-puissante *Cosa Nostra*.

Le second, Valentino Lamama, était un médiateur désigné par les parties ayant investi dans le projet bostonien. Etant donné les sommes colossales engagées dans l'affaire, il se posait en une sorte de « repreneur » qui devait redresser la situation. Lui aussi était un proche de Castellano.

Les deux autres, Cliff Blendish et Kevin Headead, représentaient la solution finale en cas de non acceptation des nouvelles dispositions par Samuel Carmi. Ils n'étaient rien d'autre que des tueurs d'élite, des assassins capables de descendre n'importe qui en n'importe quel lieu sur un simple claquement de doigts.

L'ex-patron du Massachusetts faisait triste mine. Il n'avait plus rien de commun avec l'image du seigneur arrogant et brutal qu'il affichait habituellement en manipulant ses marionnettes.

Il soupira et, d'une voix qui avait perdu toute autorité, conclut :

— En somme, vous me dites simplement de dégager ?

— Pas exactement, intervint Pat Skudler. Vous devez une grosse somme à nos amis.

— Ce n'était pas la peine de venir de si loin pour me dire ce que je sais déjà, soupira Carmi.

Skudler eut un sourire de faune :

— Nous ne sommes pas venus pour réclamer le remboursement d'une dette, Sam, mais pour redémarrer une affaire qui s'annonçait prometteuse. Vous avez les contacts. Nous, nous avons carte blanche pour traiter. Vous comprenez ce que cela signifie...

D'un coup, Carmi respira mieux. Il comprenait en effet qu'il s'en tirait bien et il le devait sûrement à Castellano.

— Oui, je comprends. Qu'attendez-vous exactement de moi ?

— Une seule chose. Réorganisez un contact avec les Russes. Nous nous chargeons du reste.

— Les Russes ne veulent plus traiter, objecta Carmi. Ils me réclament le paiement de la marchandise brûlée dans l'opération.

— Ce n'est plus votre problème, rétorqua sèchement Lamama qui était jusque-là resté silencieux.

— Et comment ferez-vous alors ?

— Contentez-vous de nous mettre en relation avec les Russes, Sam. Je pense que pour un échec aussi cuisant vous vous en sortez pas mal... Nous avons un homme qui devrait arriver dans la matinée avec de quoi reprendre les affaires avec ces Moujiks.

Un casque d'écoute sur les oreilles, Bolan eut un sourire glacé en réglant encore la sensibilité du canon acoustique qui lui permettait de capter la conversation dans la grande villa.

Préalablement, il avait envisagé de donner l'assaut à la propriété de Carmi afin d'en finir une fois pour toutes avec la tête de pont implantée par Castellano au Massachusetts. Mais, d'instinct et par prudence, il avait tenu à opérer une rapide mission de renseignement avant de blitzer le repaire mafieux. Et il s'en félicitait.

Des émissaires de New York avaient débarqué tôt le matin. Pas n'importe qui. De gros requins qui naviguaient habituellement dans l'état-major de Castellano.

Donc, l'affaire changeait de mains. Il fallait d'ailleurs s'y attendre, les *amici* ne renoncent jamais et n'acceptent jamais non plus de perdre le gros pognon noir qu'ils investissent. D'autant plus que l'investissement en question ne représentait qu'une petite fraction du chiffre d'affaires qui pouvait être tiré de la vente au détail de la came. Dans l'esprit particulièrement calculateur et vicelard de Castellano, il y avait toujours une possibilité d'amortir la perte d'une première livraison d'héroïne. En effet, les Russes possédaient encore l'autre moitié de la livraison. Sans même parler d'un amortissement, cela représentait un bénéfice d'au moins cinq fois la mise.

Et puis, si tout repartait sans heurt, d'énormes quantités de came allaient arriver. C'était un quasi pipe-line de stups qui allait alimenter le marché américain à jet continu, à bas prix et avec une rentabilité fantastique. Il fallait donc rassurer les Moujiks, reprendre les tractations là où Carmi le Crétin avait tout fait foirer.

L'Exécuteur poursuivit son écoute à distance, attentif à ce qui se disait encore, prit mentalement des notes, puis rangea son matériel et rejoignit son véhicule.

Fidèle à ses méthodes, l'Exécuteur venait de découvrir l'alternative prévue par Castellano en cas de clash prématuré. La conversation qu'il venait de surprendre lui donnait maintenant la possibilité de porter un énorme coup à l'immonde entité qui tirait les ficelles depuis New York.

Et il avait bien l'intention de profiter de cette opportunité.

CHAPITRE XII

Il était 10 h 30 du matin lorsque Joe Battestini débarqua à l'aéroport de Boston, une grosse mallette à la main, reliée à son poignet par une chaîne cadenassée. La cité était redevenue apparemment tranquille mais Battestini semblait tendu. Il y avait de quoi être nerveux étant donné les consignes qu'il avait reçues avant son départ de New York.

Le temps pressait pour les quatre envoyés chargés de remplacer Carmi. Ils avaient besoin des fonds que le convoyeur apportait pour la reprise en main de cette opération. Une grosse responsabilité. Il transportait une véritable fortune au nez et à la barbe des flics.

Un transit par les banques eût été plus sûr, mais il avait fallu faire vite, il ne devait rester aucune trace de cet apport.

Les pontes de New York avaient donc choisi le transport direct des fonds avec tous les risques que cela comportait.

Joe Battestini avait été désigné pour sa loyauté, sa détermination reconnue au fil des années de services au sein de l'Organisation. D'une intelligence très moyenne, il n'en était pas moins des plus fidèles.

Debout, face à l'aérogare, il contemplait une enseigne lumineuse de location de voitures où s'affichait le nom de Faster & Craw. Il était bien au point de rendez-vous fixé.

Sans qu'il s'en aperçoive, un homme de grande taille s'approcha du transporteur de fonds et lui demanda d'un ton badin :

— Joe?

Surpris, Joe détourna les yeux de la publicité et répondit un « oui » interrogatif.

— C'est Val qui m'envoie, annonça le grand type décontracté vêtu d'un imper bleu marine. Tu as ce qu'il faut?

Battestini le dévisagea d'un air soupçonneux et débita nerveusement :

— Vous êtes Kevin?

Bolan nota que le convoyeur de fonds n'avait pas l'air de connaître Kevin Headead. En plus, il était un peu en avance sur l'heure du rendez-vous, ce qui l'arrangeait. Il n'aurait pas deux *amici* à prendre en compte.

— Non, répondit-il tranquillement, je ne suis pas Kevin.

— Il était convenu que ce serait lui qui viendrait me chercher. Qui êtes-vous?

L'Exécuteur se rapprocha un peu plus de Joe, écarta légèrement les pans de son imperméable et découvrit le Beretta prolongé par un silencieux :

— Il y a contrordre, Kevin n'a pas pu venir. Tu coopères ou je te rectifie. Choisis vite.

Prenant calmement l'homme par un bras, Bolan le poussa vers une Buick marron garée à quelques mètres derrière eux. Devant la portière, le mafioso se raidit et l'Exécuteur lui lâcha sourdement :

— J'ai deux possibilités, Joe. La valise et toi me suivez gentiment, ou je ne prends que la valise.

Joignant le geste à la parole il poussa le silencieux dans les côtes de Battestini. Electrisé par ce contact des plus persuasifs, le gars de New York déglutit et fit un signe d'assentiment.

— Prends le volant et mets en route.

Le mafioso obtempéra, l'œil en coulisse et tendu.

— Entre dans le parking, lui ordonna encore Bolan.

Lentement, la Buick s'inséra dans le parking souterrain de l'aérogare. Le visage du « transporteur » ne reflétait pas de la peur, seulement de l'incompréhension. Il essayait manifestement de comprendre à quel camp appartenait ce grand type gonflé qui le braquait avec son flingue. C'était pas un flic, ça non... Peut-être un des hommes de main des Russes... Ou de Carmi ?... En tout cas, le mec ne plaisantait pas, et Joe Battestini voyait l'heure du jugement dernier arriver.

— Continue, lui indiqua sobrement Bolan.

Malgré la vitesse très basse de la Buick, les pneus crissaient à chaque virage sur le revêtement plastifié. Arrivés au quatrième niveau en sous-sol, le mafioso toussota pour s'éclaircir la voix et demanda prudemment :

— Dites... on pourrait peut-être s'arranger... Vous bossez pour les Russes ?

Bolan se contenta de le fixer en silence.

— Ou peut-être pour Sam ?

— Arrête-toi ici, fit l'Exécuteur en lui désignant un emplacement libre.

Battestini devint blême :

— Hé !... Vous n'allez pas... ? J'suis sûr qu'on peut trouver un arrangement...

— Ouais, j'en suis certain. Descends de la bagnole et mets-toi devant le mur.

— O.K. Vous voulez le fric ? Prenez-le ! J'ai rien vu, rien entendu. Ça vous va ?

— Dépêche-toi.

La gueule noire du silencieux s'était approchée à quelques centimètres du visage du mafioso. Battestini descendit lentement, se plaça le dos au mur et rugit :

— Putain ! Qu'est-ce que tu veux, merde ? !

— D'abord, la clé de la chaîne. Tends-la-moi gentiment sans faire de blague.

Une unité de ventilation tournait à plein régime à quelques mètres d'eux, produisant un tintamarre infernal.

— D'accord ! cracha Battestini en fouillant dans sa poche de sa main libre.

Il en ressortit une petite clé plate fixée à une médaille publicitaire.

— Détache la valise et pose-la devant toi.

Dix secondes plus tard, la mallette glissa doucement sur le sol du parking.

— Et maintenant ? risqua le convoyeur.

Bolan fit un signe du menton pour désigner une porte métallique donnant accès à un local technique.

— Entre là-dedans.

— Quoi ? Vous voulez que...

— Ferme-la et fais ce que je te dis, Joe. Ne m'oblige pas à te liquider.

La mort dans l'âme mais conscient qu'il échappait de très près à un sort définitif, Battestini ouvrit la porte de fer qui émit un petit grincement sinistre. Bolan le suivit. Les pales de l'unité de ventilation tournaient à grande vitesse derrière une cage grillagée. A deux ou trois mètres de là, il devenait impossible de se faire entendre dans le vacarme.

Avisant un gros tube d'acier courant à ras du sol, il obligea le mafioso à s'accroupir et à tendre le bras. Cinq secondes plus tard, l'extrémité libre de la chaîne était reliée et verrouillée à la conduite. L'Exécuteur fouilla l'*amici*, le débarrassa d'un revolver .38 à canon court, puis quitta le local technique dont il referma soigneusement la porte.

Un peu plus loin, il jeta la petite clé plate sous un véhicule avant de reprendre le volant de la Buick. Joe Battestini pouvait crier, hurler, il n'avait aucune chance d'obtenir un quelconque secours avant le passage d'une équipe d'entretien. Et Bolan s'était renseigné, on ne le découvrirait pas avant six heures du soir. Un délai qu'il allait utiliser à sa façon pour semer la confusion et la dévastation dans les rangs déjà divisés de la mafia.

Kevin Headead commençait à s'impatienter. Ça faisait trois quarts d'heure qu'il poireautait non loin du point de rendez-vous en se demandant ce que foutait le connard envoyé par New York. Soudain, un homme de haute stature sortit de l'aéroport et marqua un temps d'arrêt, cherchant visiblement quelqu'un. Tout de suite après que son regard se fut posé sur Headead, il se mit à hâter le pas vers celui-ci. Dans un réflexe, le tueur de New York glissa la main droite sous sa veste, mais le type qui rappliquait semblait plus énervé qu'agressif. Dès qu'il fut à sa hauteur, ce dernier cracha sourdement :

— Où est l'équipe de protection, Kevin ?

— C'est moi l'équipe, renvoya Headead d'une voix de violoncelle.

— Mon cul ! Vous vous êtes fait refaire comme des bleus.

— Hé ! Attends, qu'est-ce que tu racontes ? T'es bien Joe Battestini ?

Puis, observant l'arrivant, le mafioso grogna :

— Le fric ? Où est le fric ?

— Carmi !... Deux mecs de Carmi me l'ont piqué. L'un d'eux s'est d'abord fait passer pour toi, Kevin. Ensuite, ils ont taillé la route.

— Quoi ? Tu dérailles...

— Tu as entendu ce que je t'ai dit. J'ai failli me faire flinguer parce que tu étais en retard ! Et ils ont pris la mallette avec les biffetons !

— Non ! Merde... les enfoirés !

Bolan-Battestini évoluait sur une corde raide. Il jouait un coup de poker sur lequel allait reposer la suite de son plan. Si le buteur de New York commençait à avoir des soupçons, il allait devoir le liquider sur place et improviser ensuite. Mais Headead marchait apparemment à fond. Sous le coup de la nouvelle désastreuse, il resta un moment silencieux, émit un soupir bruyant et dodelina de la tête.

— Ramène-toi, cracha-t-il. Faut que j'avertisse le boss.

Bolan le suivit jusqu'à une voiture stationnée sur le parking et équipée d'un radio-téléphone. Bientôt, une voix dure et sèche annonça dans l'ampli :

— Oui, j'écoute. C'est toi, Kevin ?

— C'est moi, patron, répondit Kevin d'un ton lamentable. Il y a un gros problème.

— Explique-toi.

— Le gars est avec moi, mais il s'est fait piquer la marchandise. Il dit que ça vient de Carmi...

— Quoi ? Tu déconnes !

— C'est ce que je lui ai déjà dit.

— Nom de Dieu ! Il t'a dit comment c'est arrivé ?

— D'après lui, un gus s'est fait passer pour moi. Ensuite, ils se sont trissés. C'est tout ce que je sais.

Après un instant de silence, la voix sèche enchaîna :

— Amène-moi ce type, Kevin. Je veux l'interroger personnellement.

— Tout de suite, monsieur Val.

Headead raccrocha et se tourna vers Bolan :

— Tu as entendu ?

— Ouais, j'ai entendu, Kevin. Mais il est pas question que je te suive maintenant.

— Ah ! Et pourquoi ?

Le tueur s'était subitement raidi.

— Lavez d'abord votre linge sale en famille avec Carmi. Moi, faut que j'avise les patrons de New York.

Headead désigna le radiotéléphone :

— Vas-y, passe-leur un coup de fil.

— Avec cette connerie que tout le monde peut écouter ? Tu te fous de moi ?

— Tu viens avec moi et tu fais pas le malin...

— Ah oui ? C'est peut-être toi qui vas m'y obliger ? grinça Bolan.

L'autre se raidit un peu plus, donna l'impression qu'il allait exploser, puis lâcha avec rogne :

— Putain ! Ne me mets pas dans les ennuis...

— J'ai pas envie de te faire des ennuis, Kevin. Toi et tes patrons, vous en avez assez pour l'instant sur les bras. Mais je contacte d'abord mon boss. Ensuite, je passerai voir le tien. Ça te va ?

— C'est pas régulier, ça.

Bolan ricana :

— Ce qui vient de se passer, c'est pas très régulier non plus. Donne-moi l'adresse, je rappliquerai dès que j'aurai fait ce que j'ai à faire.

— T'es sûr ? fit le buteur.

— Ouais.

— O.K. Mais si tu radines pas dans moins d'une heure, je te collerai au cul, Joe, et ce sera plutôt mauvais pour toi.

— J'y serai, et j'espère bien que cet enfant de salaud de Carmi aussi.

Headead griffonna une adresse sur une pochette d'allumettes qu'il tendit, ajoutant avec un mauvais rictus :

— T'as intérêt à pas traîner.

L'Exécuteur lui renvoya sa grimace et quitta le véhicule sous le regard méfiant du mafioso. Dans le hall de l'aérogare, il s'enferma dans une cabine téléphonique où il pianota un numéro correspondant à la villa de Carmi. Ce fut l'inévitable Galiani qui prit l'appel.

— Passe-moi Sam, lui dit Bolan. Dis-lui qu'il va avoir de gros problèmes avec les quatre de New York s'il ne vient pas tout de suite au téléphone. Dis-lui aussi que j'ai la solution à ses problèmes.

Après quelques minutes d'attente, la voix de Carmi s'annonça dans l'écouteur :

— Qui est à l'appareil ?
— Un ami, Sam. Tu es sûr que personne n'écoute aux portes chez toi ?
— T'es sur ma ligne directe. J't'écoute.
— Tu vas avoir de sérieux embêtements dans les minutes qui suivent.
— Et pour quelles raisons ?
— L'envoyé de New York vient de se faire piquer l'oseille par les Russes.
— C'est pas vrai !
— Y a plus grave, il prétend que ce sont tes gars qui ont fait le coup.
— Hein ? L'ordure de...
— Moi, je sais bien que c'est pas vrai. Je suis même sûr qu'il a monté le coup avec eux.
— Putain !
— Attends. Je peux t'indiquer l'endroit où il se planque en ce moment.
— Pourquoi tu ferais ça ? rétorqua Carmi avec méfiance.
— Je te file l'information en échange d'un service.
— Je t'écoute.
— Tu vois, Sam, je travaillais avec ces fumiers de Ruskoff. Ils ont essayé de me baiser en douce.
— Tu es... quelqu'un de chez nous ?
— Bien sûr, autrement, je t'appellerais pas. Avant ça, je bossais à Philadelphie, je t'en parlerai quand on se verra.
— Bon. Et alors ? Accouche.
— Tu me trouves une petite place dans ton équipe et je te donne ce salopard de Battestini le convoyeur. Qu'est-ce que tu en penses ?

— Je me fous de ce connard ! cracha l'ex-patron du Massachusetts. C'est qu'une petite merde !

Puis, tout de suite après :

— Où est-il ?

— Dans un bar appelé The Scamp, dans Tremont Street. Il attend ses potes les Ruskoffs. Ils vont sûrement pas tarder à le rejoindre et à s'évaporer avec le fric. Si tu fais vite, tu peux redresser la situation pourrie.

— T'inquiète... Bon, oublie pas de me rappeler, j'aurai peut-être une place pour toi dans mon staff.

— J'oublierai pas, lui assura Bolan.

— C'est quoi ton nom ?

— John Skill.

— C'est pas de chez nous, ça.

— C'est rien qu'un pseudo, Sam. Tu me comprends... Rien qu'un pseudo.

Tandis que l'Exécuteur raccrochait, Sam appela aussitôt Galiani et lui ordonna :

— Bertie, rassemble discrètement une équipe et fonce dans Tremont Street. Fais gaffe que les mecs de New York ne se doutent de rien. Tu trouveras un bar, The Scamp, il s'appelle. Oublie pas.

— Je risque pas, Sam.

— Tu repères là-bas un mec dénommé Battestini.

— Bon. Et après ? Je l'amène ?

— Non. Tu butes Battestini, tu récupères la mallette qu'il a avec lui et tu dis que tu viens de la part des quatre. Arrange-toi pour que quelqu'un entende ça. T'as compris ?

Galiani se frotta le menton.

— Ça va foutre une putain de merde !

— Ça oui !... Nos emmerdeurs de New York vont retourner d'où ils viennent et au galop...

Galiani hocha la tête et partit en vitesse, pendant que Carmi rejoignait les émissaires de New York au rez-de-chaussée de la villa. Il déboucha dans le salon où ils discutaient avec le regard d'un chat observant une souris maladive sur le point de finir entre ses griffes.

Tous se turent à son arrivée et Val Lamama fixa Carmi :

— Sam, j'ai un problème avec toi.

Le boss déchu ricana :

— Ah ouais ? Tu ferais bien de faire attention à ce que tu vas dire. Je suis au courant de cette histoire à la con.

Il comprit qu'il avait marqué un premier point en voyant l'air désarçonné de Val Lamama.

— Et qu'est-ce que tu as à dire ? répliqua ce dernier.

— Que je ne sais pas qui joue avec le feu, mais que votre Battestini est une petite ordure de bas étage.

— Qu'est-ce que tu essaies de me faire comprendre, Sam ? Tu prétends peut-être que ça ne vient pas de toi ?

— Non seulement je l'affirme, mais dans un petit moment vous en aurez la preuve.

— Comment cela ?

— Je sais où il planque son sale cul. Quelques-uns de mes gars vont vous ramener ce salopard de Joe Battestini et votre pognon, Val. Tu pourras juger par toi-même.

Pat Skudler prit la parole à son tour :

— Tu veux nous faire croire que l'émissaire de New York fricote avec les Rouges ?... Ton histoire ne tient pas debout, Sam.

— Ah ? Et si je te disais que Battestini est une trop petite tête pour faire le coup tout seul, tu répondrais quoi ? fit d'un ton arrogant Samuel Carmi qui retrouvait tout son mordant.

Lamama lui jeta un regard méprisant.

— Je répondrais que si on m'avait écouté, tu serais déjà mort, Sam.

Lamama venait de se lever de son siège. Carmi lui faisait face. Pat Skudler s'interposa entre les deux mafiosi :

— Ecoute, on attend tes gars et Kevin, après on décidera en connaissance de cause. Je ne sais pas si c'est toi qui as monté toute cette merde, Carmi, mais je suis sûr que ça t'arrange.

— Ça ne m'arrange pas plus que toi. Moi, je vous ai jamais appelés...

Bolan n'était pas resté inactif, il tenait à affermir son avantage dans les plus brefs délais. Il était en train de conclure une autre conversation téléphonique :

— Oui, Stavichky, New York reprend le marché là où il a été laissé en suspens. On a décidé de vous dédommager pour la perte de la marchandise, bien que nous n'y soyons pour rien.

— Pourquoi une telle générosité ? fit le Russe, méfiant.

L'Exécuteur eut un petit rire :

— Il ne s'agit pas de générosité, major, mais d'intérêt. On vous a déjà contacté à ce sujet, n'est-ce pas ?

— Heu, oui. On m'a en effet précisé que la transaction pouvait être reprise sous certaines conditions.

— C'est tout à fait exact. La condition est que vous ne traitiez qu'avec nous.

— Je vois que j'ai à faire à de vrais professionnels, répliqua le Russe sur le même ton.

— J'espère que vous pourrez assurer la suite des livraisons comme convenu. Soyez dans vingt minutes au 212 Tremont Street, je vous remettrai votre dédommagement. Ça vous va ?

— Qu'y a-t-il au numéro 212 de Tremont Street ?

— Un bar très discret. Ça s'appelle The Scamp, le garnement.

— Bien. Vous ne voyez pas d'inconvénient à ce que je m'entoure de... certaines précautions ?

— Je vous le conseille, au contraire.

— Nous aurons plaisir à nous rencontrer, j'en suis sûr.

L'Exécuteur raccrocha. Il avait placé ses pions, et ils allaient se dévorer mutuellement.

CHAPITRE XIII

L'enseigne The Scamp, au 212 de Tremont Street, était un affreux panneau en matière plastique représentant une femme nue aux mamelles hypertrophiées. Peint maladroitement, son visage vulgaire affichait une sorte de grimace qui voulait peut-être ressembler à une invite.

Le major Stavichky n'avait eu aucune peine à localiser le bar. L'endroit était facilement reconnaissable et considéré comme le point de rendez-vous local de toutes les prostituées et des pigeons en mal de sexe.

Stavichky eut une moue écœurée en contemplant les vitres de façade aux rideaux sales qui ne permettaient aucun regard vers l'intérieur. Mais il se fichait de l'aspect des lieux. Ce qui comptait, évidemment, c'était la perspective de récupérer la part d'argent que lui devaient les *mobsters* américains, rien de plus. Ensuite, il serait temps d'aviser, de voir s'il convenait de poursuivre le marché.

Joe Battestini, s'était annoncé le type de New York au téléphone. Qu'importait le nom ? Celui-là en valait bien un autre.

Au volant de la Mercedes, Dolianov coupa le contact et se tourna vers ses passagers en demandant :

— Vous voulez qu'on attende que l'équipe de soutien ait pris position, major ?

— Non, tu entres dans ce bar, tu prends un verre, tu observes et tu viens me dire si tout est normal.

— Comment reconnaîtrai-je ce type ?

— T'occupe pas de ça, fais seulement ce que je te dis ! aboya Stavichky.

L'échec puis le traquenard de la veille n'avaient rien arrangé au caractère déjà dur et sec du meneur russe. En plus, sa blessure à la fesse le faisait souffrir et il n'était pas d'humeur à entendre les objections de ses hommes.

Bolan se tenait dans le renfoncement d'une porte cochère à une quarantaine de mètres du bar. Il n'avait pas eu longtemps à attendre la réaction des *amici*. Les Russes arrivaient bon premiers dans cette course à l'échalote dont l'Exécuteur avait réglé le timing. D'abord Stavichky et trois de ses hommes dans la Mercedes, puis une camionnette d'où étaient sortis sept types aux visages brutaux et dont les vestes masquaient d'évidence un armement conséquent.

Quelques secondes plus tard, l'Exécuteur observa l'apparition d'une grosse Cadillac Eldorado et d'une Oldsmobile Delta qui venaient de déboucher dans Tremont Street. A leurs bords se tenait une petite armée de *soldati* commandée par Bert Galiani. Le plan se déroulait comme prévu.

Les deux véhicules arrivaient sans discrétion, dans un brutal crissement de pneus au moment du freinage. Ensuite, les événements se précipitèrent sans même que les acteurs involontaires en soient conscients. Dolianov, qui s'apprêtait à franchir le seuil du bar, se retourna brusquement en direction des deux véhicules arrivants.

Galiani venait de bondir de la Cadillac Eldorado en reconnaissant la Mercedes des Russes que Stavichky quittait en faisant signe à Pavlov de le rejoindre. Ce dernier regardait tantôt à droite en direction des Américains, tantôt à gauche en direction de son patron et de la camionnette d'où étaient sortis les Spetnaz.

Il y eut un court mais lourd instant d'incompréhension mutuelle de la part des hommes constituant les deux clans. Un instant de tension extrême que rompit bruyamment la grosse détonation de l'Automag qui tressauta dans la main de l'Exécuteur.

L'impact dans la calandre de la Cadillac produisit une sorte de hurlement bref qui fut aussitôt accompagné par un jeyser de vapeur. Une seconde détonation tout aussi puissante parut se confondre avec la première, faisant éclater le pare-brise du luxueux véhicule. Puis un cri jaillit de la poitrine de Galiani, suivi aussitôt par un chapelet de mots orduriers.

— Bande d'enculés de Moujiks ! Liquidez-moi ces fumiers, les gars ! Crevez-moi ces pédés !

Presque instantanément, dans une hystérie subite, la rue se vida des rares passants qui s'y trouvaient. Une demi-seconde plus tard, un déluge de plomb brûlant se déversa dans la rue dans un abominable vacarme. Plusieurs pistolets-mitrailleurs crachotèrent en même temps, leur staccato ponctué de grosses détonations en provenance de riot-guns et de fusils à canons sciés.

Galiani et trois de ses hommes avaient pris position derrière la Cadillac tandis que les occupants de l'Oldsmobile s'étaient immédiatement mis à courir en tous sens pour trouver un abri d'où ils pouvaient répondre au feu des Russes. Deux Spetnaz encadraient Stavichky tandis que les cinq autres tiraillaient sans discontinuer depuis des entrées de portes ou derrière des véhicules en stationnement.

Les occupants de la Mercedes tentaient de se protéger derrière le véhicule qui commençait à ressembler à une passoire. La confusion était totale et personne ne savait exactement pourquoi les uns tiraient sur les autres. Galiani n'eut pas le loisir de se poser la question bien longtemps. L'ogive de plomb venant en droite ligne d'une carabine .223 Ruger mini-14 lui emporta la joue droite. Avec elle, une familière des utilisateurs Spetnaz crachée par un AK-47 paracheva l'œuvre de destruction en explorant la cavité orbitale d'un Galiani agonisant, mettant automatiquement fin à ses souffrances. Deux *soldati* furent stoppés net par le tir de barrage des Russes lorsqu'ils voulurent lancer un assaut.

Le visage blême et les traits tendus, Stavichky entama soudain un mouvement de retrait en direction de la camionnette de ses commandos. A une quinzaine de mètres de lui, le capot de l'Oldsmobile fut brusquement arraché de son emplacement d'origine pour atterrir sur la face horrifiée d'un des hommes de Carmi. Le moteur de l'américaine venait d'exploser, concrétisant un tir précis venant d'une porte cochère en amont de la rue.

Au loin, subitement, l'écho de plusieurs sirènes stridentes commençait à se faire entendre. Mus par un automatisme, les hommes de Carmi commencèrent alors à se regrouper vers la Cadillac truffée d'impacts, tirant sans cesse pour couvrir leur retraite.

Trois d'entre eux, criblés de balles, s'affaissèrent au sol durant ce mouvement rapide, un autre valdingua cul par-dessus tête dans un hurlement et vomit un flot de sang.

Sur un ordre lancé par Stavichky, les Russes regagnèrent sans précipitation la camionnette dont le moteur rugissait déjà. Ensuite, le véhicule démarra en faisant un vacarme du diable, ses pneus laissant de longues traces de gomme sur la chaussée, tandis que des coups de feu jaillissaient encore d'une portière, à destination des deux voitures de la mafia. Deux *amici* envoyèrent des rafales en direction des fuyards, puis un coup de sifflet strident retentit. Les quelques rescapés de l'embuscade refluèrent en courant vers un carrefour proche avant de disparaître.

Il fallut encore quelques secondes pour que le vacarme cesse définitivement, faisant place à un silence irréel. Quelques têtes apparurent prudemment derrière des fenêtres, il y eut des cris, des interpellations angoissées et un hurlement strident poussé par une femme en petite tenue qui venait de surgir du bar.

L'Exécuteur avait déjà quitté son abri et marchait calmement le long du trottoir de Tremont Street. Il emprunta une rue secondaire, fit encore quelques pas pour rejoindre la Buick qu'il avait laissée en stationnement et s'éloigna sans précipitation, songeant avec contentement que le résultat escompté de cette confrontation dépassait de loin ses espérances.

Les Russes seraient d'évidence persuadés d'une attaque provoquée par les mafiosi de New York. N'était-ce pas Battestini, l'un de leurs hommes, qui les avait attirés dans ce traquenard ? De leur côté, ces quatre-là envisageraient un coup vicelard de Carmi pour une possible reprise en main du secteur.

Ouais, si tout continuait d'aller dans le bon sens, c'est comme ça que ça devrait se passer. A condition de donner encore un petit coup de pouce au destin. Il fallait battre le fer quand il était chaud.

Une fois suffisamment éloigné de la zone sensible, Bolan décrocha son radiotéléphone de bord et appela la villa de Carmi.

— J'ai une sale nouvelle pour toi, Sam, lui annonça-t-il tout de go.

— Qui parle ? grogna le boss hargneusement.

— C'est sans importance. Tu figures déjà sur une liste noire.

— Dis donc... Tu serais pas ce type qui dit s'appeler John Skill ?

— Non, je ne suis pas John Skill. Tu ferais bien de te tirer tout de suite des pattes des gars de New York.

— Et pourquoi ça ?

— Tu préfères un cercueil en béton ?

— Qu'est-ce que tu me racontes ?

— Je te raconte que tu es mort, Sam. Ton équipe s'est accrochée avec les Moujiks, il y a des morts partout dans Tremont Street. Crois-tu que Stavichky acceptera encore de reprendre le dialogue après ça ? Le marché est foutu, faut te rendre à l'évidence. Les quatre ne te croiront jamais lorsque tu leur raconteras que tu n'es pour rien dans tout ça.

— Mais qui es-tu ? rugit Carmi. Que veux-tu, à la fin ?

— Tu ne devines pas ?

— Non, je vois pas. Qu'est-ce que tu viens foutre ici ?

— Je termine un nettoyage nécessaire. Les ordures de ton espèce m'empêchent de dormir, Sam. Tu ne vois toujours pas qui je suis ?

— Fils de ... Putain ! Bolan !

— Gagné ! Il doit te rester une ou deux minutes avant que les gars de Boston ne soient au courant des derniers potins locaux. A ta place, je dégagerais pendant que la chance est encore de ton côté. Ciao !

Le déclic de coupure produisit un choc brutal dans l'oreille de Carmi. Il avait la tête prête à exploser. Il sortit de son bureau sans savoir vraiment ce qu'il faisait, comme poursuivi par la mort, et se dirigea vers le garage où dormaient plusieurs véhicules. Sur le pas du garage, il croisa Pat Skudler qui lui demanda :

— Tu comptes sortir, Sam ?

Pris d'une soudaine panique, le visage déformé par la peur, Carmi braqua un GP 35 vers Skudler et lui lança :

— Pousse-toi de là et fous-moi la paix !

Skudler lui renvoya d'une voix anormalement douce :

— Tu ne devrais pas t'enfuir, Sam, tu te condamnes !

— Barre-toi de mon chemin, connard !

Son arme toujours pointée en direction de Skudler, le mafioso s'approcha d'une BMW 528 à injection dont il ouvrit la portière.

— Essaie pas de te mettre en travers de ma route, Skudler, ou je te fais bouffer tes couilles !

Il s'engouffra dans la voiture qu'il fit démarrer aussitôt, brisant dans sa brutale marche arrière deux énormes bacs à fleurs sous les yeux rageurs de Pat Skudler.

Val Lamama venait d'apparaître dans l'encadrement de la porte d'accès au garage quand le bolide allemand passa à quelques centimètres de ses pieds en éraflant le mur du garage. Dix mètres plus loin, le portail en bois de la résidence parut exploser sous la formidable pression du bolide quittant les lieux en pleine accélération.

Pat Skudler et Lamama n'avaient pas bronché. Ils venaient d'assister à la fuite éperdue d'un condamné à mort.

— L'ordure ! cracha sourdement Lamama. Tu peux parier qu'il s'est arrangé pour faire tout foirer...

— C'est bien mon impression aussi, gémit Skudler.

Quelques instants plus tard, l'arrivée des rescapés de Tremont Street ne fit que confirmer ce sentiment.

A moins de cent mètres de là, une Ford grise se tenait en planque sous un bosquet de platanes. Les deux agents du FBI, Peter Boltzer et Cliff Colder, assistèrent au départ intempestif de la BMW et le lieutenant fit ce commentaire :

— On dirait que notre ami tout en noir avait vu juste, Cliff. Le gros prédateur taille la route.

— Oui, sourit Colder. Il ressemble d'un seul coup à un gibier en pleine panique. On dirait qu'il a la mort aux trousses.

— Tu crois qu'il acceptera de coopérer, maintenant ?

— C'est ce que prétend Bolan.

— Alors, je crois qu'il ne faut pas laisser passer cette occasion, répliqua Boltzer en faisant démarrer la Ford sur les chapeaux de roues.

Ils rattrapèrent la BMW à un feu rouge, freinèrent pour venir se ranger tout à côté du véhicule. Derrière les vitres remontées, Sam Carmi ressemblait en effet plus à un renard traqué lors d'une chasse à courre qu'à un *capo* imbu de son rang.

CHAPITRE XIV

Le feu de signalisation routière était passé trois fois au vert et Carmi restait rivé à son volant, comme déconnecté. Il n'était plus qu'un animal traqué, le regard vide et les joues grisâtres.

Peter Boltzer remerciait le travail de sape qu'avait effectué Mack Bolan. Un sacré bonhomme ! pensa-t-il tandis que Colder sortait de la voiture de service et s'avançait prudemment vers le véhicule européen.

Il frappa à la vitre :

— Carmi ! Tout va bien, on va vous aider !

Carmi tourna un regard terne vers le policier. Sa bouche lippue prononça quelques mots silencieux :

— Qui êtes-vous ?

Il n'attachait qu'une vague importance à la réponse qui ne manquerait pas de venir. Il était prêt à se raccrocher à n'importe quelle planche, aussi pourrie soit-elle, pourvu qu'elle tienne à flot.

— Nous sommes de la police, et je crois bien que vous allez devoir nous suivre, si toutefois vous souhaitez rester en vie. Qu'en pensez-vous, Sam ?

Les pensées complètement embrouillées, la tête bourdonnante, le mafioso abaissa la vitre électrique et répondit d'une voix qui trahissait son désarroi :

— De la police, hein ? De toute manière c'est foutu...

Colder ouvrit la portière de la BMW, prit l'ex-*capo* par le bras et le fit descendre pour le guider vers la Ford. Carmi ne fit preuve d'aucune agressivité ni mauvaise volonté. Il était ailleurs, dans ses rêves de grandeur anéantis.

Les deux flics et leur passager roulèrent en direction des locaux de la police de Boston où un bureau spécial avait été mis à leur disposition à l'occasion. Carmi restait l'égal d'un pantin sans réelle réaction. Il se foutait de tout et de tous, il ne songeait qu'à une chose : le lamentable échec de son merveilleux plan de conquête.

Sur place, à 13 h 30, le lieutenant Boltzer offrit du café à l'ex-*capo* qui faisait presque pitié à voir. Cliff Colder saisit une chaise, vint la placer à côté de Carmi et entama la discussion :

— T'es vraiment dans de sales draps, Sam.

L'autre ne répondit rien, absent. Le flic poursuivit :

— T'es dans la merde jusqu'au cou, mais il te reste un moyen de t'en tirer.

Le visage bouffi de Sam sembla reprendre une légère contenance et un son sortit enfin de sa bouche :

— Vous voulez que je vous donne qui et quoi ?

— On veut que tu nous racontes toute cette affaire, lui dit Boltzer.

— Mais tu souhaites peut-être avoir ton avocat à tes côtés ? intervint le deuxième flic.

Le visage du mafioso s'empourpra subitement :

— Non ! Je ne veux personne de l'extérieur... Vous savez très bien ce qui arriverait.

Boltzer se tourna vers son collègue et ricana :

— Tu es témoin, Cliff, il ne veut pas d'avocat.

— Je le comprends. Avec la chance qu'il a en ce moment, son avocat ne lui apporterait que de très mauvaises nouvelles.

Carmi les regardait tour à tour. Les pupilles dilatées, il virait à l'hystérie :

— O.K. ! Trouvez-moi une couverture, un endroit, enfin quelque chose... je sais que vous pouvez le faire si vous le voulez... et je vous donnerai de quoi faire plonger tout le gratin du Massachusetts.

— Hé ! Calme-toi. On a tout notre temps, tu ne risques rien ici.

— Vous croyez ça ? S'ils le veulent, ils peuvent me faire flinguer ici même, sous votre nez. Vous le savez aussi bien que moi.

— C'est du domaine du possible, acquiesça le lieutenant Boltzer. Surtout si on décide subitement d'aller dîner en te laissant tranquillement ici. Je suis sûr qu'il y a bien un de ces flics marrons, à qui tu filais des enveloppes, qui se ferait un plaisir de passer un coup de téléphone.

Les deux gars du FBI travaillaient Carmi à la manière d'un morceau de pâte à modeler. Dans leur position, c'était un jeu d'enfant.

— Ecoutez, geignit Carmi, je peux même vous donner les contacts russes qui devaient nous fournir en marchandise, mais ne laissez pas ces fumiers m'approcher !

Grâce à Bolan, les deux flics obtenaient les informations qu'ils souhaitaient. Colder reprit :

— Bien, Sam, on verra ce qu'on peut faire pour toi. En attendant, raconte-nous ton histoire.

⁂

Il faisait froid et la nuit n'était pas des plus silencieuses à Dedham, au sud-ouest de Boston. Une circulation encore très dense régnait sur la route Interstate N° 1. L'Exécuteur repartait en chasse contre les pourvoyeurs de mort blanche. D'une certaine vétusté, l'immeuble de quatre étages qu'il observait abritait des bureaux déserts à cette heure, mais trois fenêtres étaient éclairées au troisième niveau.

La seconde partie de son plan allait se dérouler au détriment des dealers russes. Vêtu d'un jean et d'un gros blouson en cuir, chaussé de baskets noires, il scrutait les proches environs à bord d'une fourgonnette Econoline de couleur sombre.

Pour ce prochain blitz, il s'était équipé d'une pièce maîtresse : un combiné de combat M-203 capable de tirer aussi bien des balles de .223 que des grenades de 40 mm explosives ou incendiaires. Big Thunder, l'énorme AutoMag .44, reposait dans une gaine fixée à sa ceinture et quatre grenades fumigènes venaient encore s'ajouter à l'équipement.

Un dernier examen des lieux lui donna la certitude qu'aucune sentinelle n'avait été placée à l'extérieur de l'immeuble pour en garantir la sécurité. Stavichky préférait sans doute concentrer ses effectifs près de lui, à l'intérieur.

Il était temps de passer à la phase exécution de son plan d'attaque. Toujours attentif, il manœuvra l'Econoline pour la conduire dans la cour intérieure du vieux bâtiment où personne ne s'inquiéta de l'événement. Les Russes devaient être occupés à panser leurs nouvelles plaies toutes fraîches. Bolan allait les faire saigner de nouveau en signant son œuvre de la patte des quatre gars de New York. Ainsi, il parachèverait la manœuvre d'intoxication visant à les dresser les uns contre les autres.

Youri Stavichky et le reste de l'équipe des Spetnaz s'affairaient à organiser une riposte des plus vindicatives à l'encontre des *amici*. Ces derniers les avaient sans doute pris pour des amateurs en les attirant dans ce traquenard de Tremont Street. Ils allaient comprendre une fois pour toutes à qui ils avaient affaire.

Pavlov allait prendre la parole pour donner son point de vue, lorsqu'une sourde explosion provenant d'un étage inférieur fit trembler les murs. D'un bond, Stavichky quitta sa chaise et aboya à l'adresse des Spetnaz :

— Allez vérifier, vite !

Deux de ses hommes se précipitèrent dans le couloir puis dans l'escalier, leurs armes prêtes à cracher. Ils n'eurent pas la possibilité d'aller bien loin. Une grenade à fragmentation leur explosa presque sous les pieds, les envoyant valdinguer contre les murs. Celui qui courait en tête gesticula en tous sens dans un réflexe d'agonie instantané. Le corps de son copain s'étala comme une éponge sanguinolente, un bras arraché ainsi qu'un morceau de crâne.

Un court instant plus tard, un martèlement de pas précipités annonça l'arrivée en masse d'une troupe de renfort. Le premier flingueur qui déboucha dans l'escalier eut tout juste le temps d'apercevoir une ombre furtive qui fit un geste rapide et précis pour balancer une grenade fumigène dans leur direction. Il y eut immédiatement des beuglements et des invectives, puis quelques coups de feu furent tirés à travers le brouillard artificiel, dans la direction présumée de l'assaillant. Mais celui-ci s'était déjà éclipsé, se fondant dans le décor enfumé.

Mack Bolan n'avait pas l'intention de décimer la totalité de l'équipe russe. Il fallait qu'il y ait suffisamment de survivants pour que son plan d'action fonctionne jusqu'au bout. Posté en retrait de la cage d'escalier, il attendit qu'une silhouette sorte du nuage de fumée, l'abattit d'une balle de .44 magnum et troqua Big Thunder contre son combiné M-203 pour envoyer une giclée de pastilles brûlantes et dissuasives dans le plafond. Sans attendre plus longtemps, il redescendit jusqu'au premier étage, largua derrière lui deux autres grenades fumigènes et cria assez fort pour être entendu :

— Battestini, on dégage !

Puis il dévala les dernières marches et couvrit sa retraite en tirant deux grenades de 40 mm avec le M-203. La moitié d'un pan de mur délabré s'effondra dans le hall vétuste de l'immeuble, bloquant partiellement la sortie, et l'Exécuteur se mit à courir vers l'Econoline dont le moteur tournait toujours.

La dernière fumigène péta alors qu'il embrayait et commençait à accélérer.

***

Toussant à en cracher ses poumons, Pavlovski venait d'arriver devant l'amoncellement de gravats qui barrait le petit hall d'entrée, accompagné du major et de trois Spetnaz.

L'un des tueurs russes grogna, essuya d'un revers de main un filet de sang qui lui coulait du visage et s'exclama :

— Major ! Ce sont ces porcs venus de New York.

— Tu les as vus ?

— Non, mais j'en ai entendu un crier quelque chose à un certain Battestini, juste avant qu'ils s'enfuient.

Youri Stavichky se détourna et grimpa l'escalier encore enfumé. Entrant d'un pas décidé dans la pièce où ils avaient tenu une réunion, il empoigna violemment le téléphone et composa le numéro de la villa de Carmi. Le contact fut établi au bout de quatre tonalités et, sans se préoccuper de l'identité de son interlocuteur, il cracha :

— Vous venez de choisir vous-même la meilleure façon de reprendre les pourparlers. Maintenant, vous allez payer l'addition, on ne joue pas avec moi comme avec les petits truands de vos villes infectes.

Avant même que Pat Skudler ait le temps de répondre, la communication fut coupée, lui laissant dans les tympans le bruit désagréable du bip discontinu. D'un air crispé, il se retourna vers Lamama :

— C'était Stavichky.

— Et alors, qu'est-ce qu'il voulait, cet enfoiré ? rétorqua le négociateur de New York.

— Il a dit comme ça qu'on avait choisi la façon de continuer à discuter et qu'on allait payer l'addition. Tu comprends ce qu'il a voulu dire ?

— Il a parlé de cette connerie qui s'est passée avec les gars de Carmi ?

— Non, et je crois pas que ce soit ça dont il parlait. Il s'est produit quelque chose d'autre, Val.

— Nom de Dieu ! A tous les coups, Carmi a foutu la merde, ça ne peut être que ça.

— Le Moujik était déchaîné au bout du fil. J'avais l'impression qu'il était en train de bouffer des tessons de bouteille. En tout cas, faut s'attendre à une saloperie de sa part..

Lamama hocha la tête.

— Je pense comme toi, Pat. Il y a quelque chose qui m'échappe, dans toute cette histoire, mais il va falloir se préparer à recevoir ces enculés.

— Moi, je ne comprends qu'une chose. Je sais pas si Carmi est à la base de tout ça, mais sans réaction rapide de notre part, on va se retrouver les pieds devant.

Lamama répliqua :

— Bon, il faut trouver le moyen de retourner les Ruskoffs.

— Tu veux leur faire avaler que tout ce qui se passe en ce moment est l'œuvre de ce taré de Sam ? Moi, je pense qu'on ferait peut-être mieux de dégager ce terrain pourri et de rentrer à New York.

— Et tu diras à Ange Castellano comment nous avons si bien mené nos affaires, Pat ? C'est comme ça que tu vois les choses ?

— Eh bien... Est-ce que tu as une solution à proposer ? Tu n'as quand même pas l'intention de récupérer Sam pour l'amener aux Russes ?

— Sûrement pas, mais on pourrait le faire descendre et s'arranger pour que Stavichky le sache.

— Un gage de notre bonne volonté?

— Pourquoi pas? Pour l'instant, je ne vois rien d'autre.

— Mais nous n'avons que Cliff et Kevin sous la main pour faire le boulot. C'est pas assez.

Val Lamama prit une profonde inspiration avant de répliquer :

— Je vais appeler Castellano. Vu l'urgence de la situation et les fonds engagés, il n'hésitera pas à nous envoyer du renfort. Une équipe d'une douzaine de gars peut être sur place rapidement.

— Bon, d'accord. Vu de cette façon, ça peut éventuellement coller. Mais avant de buter Carmi, il faudra qu'il nous dise où est passé ce fumier de Battestini et le pognon.

— Y a intérêt! grinça Lamama.

Bolan roulait en direction du centre de Boston, satisfait de la tournure que prenaient les événements. Lancés comme ils l'étaient, les cannibales allaient en toute logique se détruire mutuellement. Ensuite, les flics n'auraient plus qu'à débarrasser la ville des restes de cette confrontation.

L'Exécuteur se sentait épuisé. Combien de temps avait-il dormi au cours de ces derniers jours? Deux ou trois heures, peut-être. Il avait besoin de prendre un peu de repos, juste de quoi récupérer pour avoir l'esprit clair et reprendre ses blitz. Tout de suite après, il se devrait d'atteindre les intouchables qui avaient eu leur moment de gloire en vendant leurs âmes aux *amici*, ces véreux gouvernementaux abrités par leurs statuts politiques.

L'Exécuteur allait lancer son offensive là où la police ne pouvait agir. Les intouchables ne l'étaient plus que pour quelques heures. Ensuite, ce serait à leur tour de rendre des comptes.

CHAPITRE XV

Le thermomètre avait amorcé une descente vertigineuse. En plus, un épais brouillard déformait le relief torturé de la zone, créant çà et là des images tremblotantes tandis que l'air glacé givrait le sol et vitrifiait la végétation environnante, composée de quelques malheureux érables.

Bolan revoyait en pensée le traquenard dans lequel Shirley était tombée, se remémorait le cheminement effectué pour remonter cette combine d'approvisionnement en héroïne, et plus ses souvenirs se faisaient précis, moins il trouvait d'excuses aux politiciens dévoyés mêlés à toute cette affaire.

Les crapules de haut vol qui avaient trempé dans la magouille ne devaient pas s'en tirer aussi facilement.

La veille au soir, le sénateur Lonnie Randall avait invité des journalistes pour tenir une conférence de presse. Le champagne avait coulé et il avait ouvert les débats par un discours qu'il avait mis quatre heures à préparer, mettant en exergue les attaques de tous ordres que pouvaient subir les personnalités du Massachusetts. Il avait aussi félicité les forces de police pour leur efficacité dans les derniers événements qui avaient secoué la ville. Plusieurs journalistes s'étaient alors regardés en souriant avec ironie. Mais Randall savait qu'il pouvait compter sur les trois quarts des médias locaux. Il y avait parmi eux bon nombre de personnages dont il avait facilité la mise en place ou qui dépendaient étroitement de lui.

Ce début de campagne de presse avait été rondement mené et le résultat commençait à se faire sentir. La vilaine affaire qui entachait sa respectabilité, habilement camouflée en une ignoble manipulation politique, commençait à être oubliée.

Randall prenait son petit déjeuner devant la baie vitrée de sa demeure de Quincy quand un homme aux épaules énormes vint lui apporter un téléphone portable.

— Un type insiste pour vous parler, sénateur, lui annonça-t-il. Il n'a pas voulu dire son nom mais il prétend que c'est très important.

— Merci, Alex. Je vais le prendre.

Alex Higgins était un ancien flic qui avait par le passé émargé au budget noir de la mafia irlandaise puis, plus tard, à celui de *Cosa Nostra*. Depuis plusieurs mois, il assurait la protection rapprochée de Lonnie Randall. C'était un mastodonte d'une force exceptionnelle et aussi rapide qu'un fauve pour extraire son gros flingue de sa veste. Il n'avait, en contrepartie de ses réflexes, qu'un Q.I. vaguement apparenté à celui d'un orang-outang, mais Lonnie Randall s'était attaché à ce monstre, rassuré par sa présence. Il lui était fidèle, moyennant rétribution. Le genre bon toutou qui vous regarde avec des yeux soumis, qui vient vous lécher la main quand on l'appelle, ou qui s'apprête à déchiqueter toute personne un tant soit peu agressive envers son maître.

Tandis que Higgins s'éloignait, le sénateur posa la main sur le combiné en éprouvant un début d'inquiétude. Qui donc pouvait l'appeler à cette heure matinale ? Il avait passé une partie de la nuit à préparer son prochain discours télévisé et ses nerfs étaient à fleur de peau.

Gonflant sa poitrine étroite, il toussota pour s'éclaircir la voix et lança dans l'appareil :

— Lonnie Randall, je vous écoute.

— Bonjour, sénateur, lui renvoya aussitôt une voix claire et précise. Comment vous sentez-vous depuis que vous avez lâché Carmi ?

— Pardon ? Que voulez-vous dire exactement ?

— Vous le savez très bien. Je parle de toutes vos combines avec la mafia.

Randall sentit brusquement sa respiration se bloquer et un violent frisson envahir tout son corps. Paradoxalement, son énervement tomba d'un coup. Le ton de sa voix baissa en même temps et il répliqua :

— Je ne connais pas ce... Carmi.

Il y eut un rire bref dans l'écouteur.

— En tout cas, lui vous connaît bien. Il est en train de parler de vous et de certains de vos semblables aux policiers du FBI. Ça ne vous dérange pas trop ?

— Qui êtes-vous donc ? jeta le sénateur d'un ton qui se voulait tranchant.

— Vous n'avez pas encore compris ?

— Attendez un peu... Oui, il se pourrait que je comprenne qui vous êtes. Un certain assassin que toutes les forces de l'ordre recherchent en ce moment, c'est ça ?

De nouveau, le rire retentit dans l'appareil.

— Exact. L'ennui pour vous, c'est que vous n'allez pas tarder non plus à être recherché. Lorsque Carmi aura vidé son sac, je ne donnerai pas cher de vous, sénateur.

— Pourquoi me dites-vous cela ? fit Randall dont le visage commençait à se marbrer de vilaines plaques rougeâtres.

— Simplement pour vous prévenir. C'est à votre tour de rendre des comptes.

— Mais... grands dieux ! Des comptes sur quoi ?

— Vous seul êtes à même de répondre à cette question. Sachez seulement que vous êtes en tête sur la liste.

— Sur quelle liste ? demanda t-il d'une voix réellement inquiète.

— Croyez-vous que les *amici* vous laisseront en paix après ça ? Moi, je suis sûr que non. Vous êtes déjà sur leur liste noire, vous en savez beaucoup trop à leurs yeux. Savez-vous comment se termine ce genre d'affaire ? A votre place, je me ferais bien du souci, car vous pouvez être certain que les *amici* savent exactement où et comment vous trouver.

— Je suis protégé, se cabra le sénateur qui n'en ressentit pas moins une désagréable sensation de froid dans le dos.

— Vous croyez que ce sera suffisant ?

— Et si je vous paie ? Vous, vous pouvez m'aider ?

— Aide-toi, le ciel t'aidera, Lonnie.

— Vous vous prenez peut-être pour un ange rédempteur.

Le sénateur véreux entendit l'Exécuteur éclater de rire.

— Je ne vous ai jamais dit que c'est moi qui vous aiderai ou qui vous abattrai. Mais je vais vous donner un conseil : tirez-vous de cet Etat pendant qu'il en est encore temps. Vous avez déjà l'odeur de la mort accrochée après vous, Lonnie.

Lonnie Randall perçut aussitôt un déclic de coupure. Il resta un long moment sans prononcer une parole, l'appareil en main, puis le reposa en marmonnant des jurons orduriers et se tourna vers Alex Higgins :

— Appelle mon secrétariat et demande-leur de contacter Milton et Hoffer.

Avec ce temps pourri et la fatigue, Peter Boltzer était gelé des pieds à la tête malgré le radiateur électrique qu'il avait branché près de son bureau.

On venait de lui apporter l'enregistrement d'une conversation téléphonique entre Randall et un inconnu. Cliff Colder et Jerry Mac Lyman étaient assis à côté de lui. Ils avaient également écouté la cassette et souriaient d'un air entendu.

— On se demande qui peut bien l'avoir contacté, hein ? fit Lyman.

— Je me poserai officiellement la question quand le moment sera venu de rédiger le rapport.

— Tu crois que nous pouvons nous servir de ça ? fit Colder en désignant l'enregistrement.

— Je pense que oui. Ce que nous a déjà raconté Carmi pèse aussi très fort dans la balance, mais il est encore trop tôt pour traîner Randall devant une cour de justice. Il se peut aussi qu'il choisisse de se mettre au vert, qui sait ?

— La mafia, Bolan, la justice, trois bonnes raisons de disparaître, enchaîna Colder.

— Comme pour Carmi.

— A peu de choses près. Ce type est invraisemblable. Comment fait-il pour retourner des situations où nous-mêmes pédalons dans la semoule ?

— Il ne dénoue pas les nœuds, ricana le lieutenant Boltzer. Il les tranche.

Ils parlaient de l'Exécuteur, bien entendu.

Depuis une heure, un vent du nord s'était levé, charriant parfois des flocons gelés qui remplaçaient le brouillard. L'atmosphère glaciale desséchait la peau et la rendait craquante. Dans la matinée, la météo régionale avait annoncé qu'une dépression centrée entre le Massachusetts et le New Hampshire provoquerait un afflux d'air froid sur les régions concernées. Pour une fois, ces gars ne s'étaient pas trompés.

Il était près de dix heures du matin. Posté sur une butte, à environ deux cents mètres de là, Bolan ne distinguait que deux gardes devant la maison de Lonnie Randall qu'il surveillait depuis un bon moment. Les trois autres devaient se la couler douce au chaud dans le bâtiment. L'Exécuteur les avait vus rappliquer peu de temps auparavant, vraisemblablement alertés par le sénateur à la suite de la conversation qu'il avait eue avec Bolan. Mais ça n'avait pas d'importance, maintenant que le dénouement était proche.

Un peu plus tôt, le gorille privé de Lonnie Randall avait entassé deux grosses valises dans le coffre d'une Cadillac noire. Cela sentait les préparatifs pour un départ précipité. Bolan n'avait pas l'intention d'attenter à la vie du politicien. La mafia s'en chargerait. Mais le guerrier solitaire voulait être sûr que son message avait été correctement compris.

A présent, trois types sortaient de la villa pour monter dans une Pontiac, presque aussitôt rejoints par les deux gardes postés devant la façade. Bolan avait replacé une paire de jumelles devant ses yeux. Puis ce fut au tour d'Alex Higgins d'apparaître. Jetant un regard circonspect sur les alentours, ce dernier fit ensuite un signe et Lonnie Randall déboucha de la massive porte d'entrée pour marcher rapidement vers la Cadillac, un attaché-case à la main.

L'imposant véhicule démarra aussitôt, suivi par la Pontiac qui se colla à son pare-chocs, et le petit cortège s'engagea à une vitesse prudente sur la route départementale faisant suite à l'allée de desserte. Tout se déroula ensuite très vite.

Brusquement jaillie d'un chemin de traverse enfoui sous un petit bois, une BMW bondit à leur rencontre et s'immobilisa dans un hurlement de pneus en travers de la chaussée, obligeant le chauffeur de la Cadillac à freiner à mort. Quatre hommes en jaillirent comme des diables armés jusqu'aux dents, l'un d'eux tenant un petit lance-roquettes qu'il pointa aussitôt sur le pare-brise de la grosse Caddie et fit feu.

Une boule de lumière se développa instantanément, transformant le luxueux véhicule en un monstrueux tas de ferraille fumant et crachant ses boulons.

La seconde roquette percuta la Pontiac à la hauteur de la portière avant, provoquant pratiquement les mêmes dégâts. Puis les assaillants se précipitèrent sur les trois ou quatre blessés qui avaient été éjectés des véhicules et gesticulaient encore en gémissant. Quelques coups de feu sporadiques retentirent encore, non pas des coups de grâce, mais des confirmations pour s'assurer qu'il n'y aurait pas de survivants.

L'Exécuteur savait de quoi il retournait. Une équipe de professionnels rompus à ce genre d'opération. D'anciens militaires, peut-être. Des ex-GI comme Bolan, mais qui avaient choisi de mettre leur talent de combattants au service de la mafia.

Il posa les jumelles sur le siège passager de son véhicule dont il relança le moteur. Lonnie Randall passerait encore une fois à la télévision, c'était sûr. Mais seulement dans la rubrique nécrologique.

CHAPITRE XVI

Il était tout juste 11 heures du matin lorsque les hostilités s'ouvrirent dans le quartier résidentiel de Riverdale, transformant la somptueuse propriété de Sam Carmi en un véritable champ de bataille, où le sang coula à flots en quelques secondes. Tout débuta par l'apparition d'un costaud au visage dur, vêtu d'un manteau, qui descendit d'une Ford mustang marron foncé. Il questionna brièvement un garde soi-disant occupé à réparer l'Interphone de la villa :

— Pat est là-haut ?

— Quel Pat ? rétorqua brutalement le mafioso qui nota que l'inconnu avait un accent russe assez prononcé.

— Pat Skudler. J'ai un message pour lui.

— J'sais pas, faut voir.

Le grand type continua son chemin vers l'entrée principale de la demeure et le garde s'interposa aussitôt.

— Reste là, t'as compris ? J'vais voir si M. Skudler veut te recevoir. C'est comment ton blaze ?

Pour toute réponse le balaise repoussa un pan de son manteau, découvrant un fusil d'assaut AK-47 dont il releva le canon vers la poitrine de l'*amico*. Une brève rafale crépita, découpant en pointillés la poitrine du garde. Puis trois autres hommes accoururent, se démasquant de derrière le bosquet voisin. Leurs visages étaient farouches, leurs yeux empreints d'une détermination sauvage. Sur un ordre aboyé en russe, ils investirent immédiatement le parc de la villa tandis que d'autres silhouettes surgissaient des fourrés bordant l'allée.

Débouchant en trombe de l'entrée principale, deux *soldati* cherchaient des yeux la provenance des coups de feu, leurs index déjà tendus sur les détentes de leurs revolvers. Trois autres encore surgirent par l'arrière de la grande bâtisse, armés de M-16, et se déployèrent dans le parc. L'un d'eux cracha dans un talkie-walkie :

— Patron ! Vous me recevez ?

— Oui, poste 1 ! Qu'est-ce qui se passe ?

— Une attaque sur l'entrée principale.

— J'ai entendu. Combien sont-ils ?

— Quatre ou cinq, peut-être plus, je ne sais pas encore.

— O.K. ! Contenez-les, j'envoie du monde.

Les Spetnaz progressaient en vrais professionnels. Le premier offrait un feu nourri aux mafiosi qui se trouvaient de part et d'autre de l'allée centrale. Un autre commençait à avancer par le flanc droit pendant que le gros du commando se frayait un chemin par la gauche. Dans la villa, le branle-bas de combat général avait commencé. En moins d'une minute, plusieurs cadavres gisaient déjà sur le sol dans un bain de sang. Les gros bonnets venus de New York et qui avaient eu pour consigne de reprendre en main une affaire caviardée étaient la proie d'une trouille viscérale quasiment insurmontable.

— C'est foutu ! bredouillait Pat Skudler. On va se faire avoir comme des rats.

— Ta gueule, lui cracha Lamama au visage. Y a douze gars pour défendre cette baraque, commence pas à te pisser dessus.

— C'est pas douze gars qu'il nous faudrait ! gémit Skudler, mais un miracle.

Pendant ce temps, une équipe de *mobsters* russes — d'anciens Spetnaz — lançaient une opération parallèle en plein centre de Boston. Le major Youri Stavichky avait décidé de liquider un des gros protecteurs des intérêts mafieux pour mieux isoler ensuite son ennemi.

Le député Chuck Milton tenait une conférence de presse dans une salle privée dépendant de la mairie. Mais il n'y avait pas seulement là des journalistes. Des contestataires de tous bords s'étaient également glissés parmi les invités officiels et la séance était particulièrement houleuse.

Le service d'ordre s'était rapidement laissé déborder par cette masse de mécontents qui demandait à grands cris la démission de Milton le Magouilleur. Les bras écartés, face à la foule qui ne l'écoutait plus, Chuck Milton essayait de reprendre le contrôle de la situation :

— Je vous en prie ! Calmez-vous ! Nous n'arriverons à rien dans ces conditions. Laissez-moi vous expliquer le point de vue de vos élus qui abondent dans les mêmes optiques que les vôtres...

Des protestations véhémentes fusaient de toutes parts. Un des manifestants au premier rang cria à l'intention du député :

— On connaît tes magouilles avec tes truands ! Démissionne, Chuck !

Dans la masse des contestataires, quelques visages semblaient ne pas cadrer avec les motivations de l'ensemble. Un certain Skorovich, dirigeant le commando russe, se détacha de la foule et fit un signe à l'un de ses hommes plus proche de l'estrade où se tenait le député assisté de deux gardes du corps.

Skorovich avait reçu des ordres bien précis de la part de Stavichky : éliminer le politicien en faisant le plus de bruit possible pour choquer et attirer l'attention des médias sur les relations de Milton avec la mafia.

La force d'attaque était composée de cinq Spetnaz, dont deux étaient restés au volant de véhicules stationnés dans la rue.

— Calmez-vous ! cria de nouveau Milton en levant ses bras vers le plafond. Vous voulez entendre ce que j'ai dire, oui ou non ?

— On s'en fout ! hurla un gros type moustachu. On sait d'avance ce que tu vas nous raconter !

Puis, d'un seul élan, les Russes se ruèrent vers le promontoire où se tenait le politicien véreux. Le premier Spetnaz bouscula les deux gardes du corps tandis qu'un autre tirait en l'air une rafale avec un petit P-M Scorpio. Aussitôt, une panique insurmontable envahit la foule qui reflua vers la sortie de la salle, criant, hurlant et se piétinant.

Dans la confusion, une seconde rafale fit entendre

son bruyant staccato, ajoutant encore à l'affolement général. Lorsque Chuck Milton aperçut la gueule noire du pistolet-mitrailleur dirigé sur sa poitrine, il était trop tard pour se mettre à l'abri. La mort fut sa dernière vision.

Puis une grenade tomba par terre, vomissant une fumée âcre dégagée par des gaz lacrymogènes. Le commando disparut aussi vite qu'il était arrivé sur place et, lorsque les premiers policiers débarquèrent, ils ne découvrirent qu'une salle vide encore empuantie par les gaz, au fond de laquelle le député Chuck Milton baignait dans son propre sang.

Le sénateur Orlando Hoffer était occupé à classer divers documents privés dans sa maison de Cambridge. Les événements se précipitaient, trop de choses horribles s'étaient déroulées au cours de ces dernières quarante-huit heures à Boston. Il n'était plus question d'attendre comme une victime expiatoire l'arrivée d'une commission d'enquête ou, pire, l'irruption de tueurs de *Cosa Nostra*.

Il avait presque terminé d'entasser des papiers dans une petite valise quand il fut attiré par un flash d'information émanant du poste de télévision qu'il avait allumé à côté de lui. En premier plan, un journaliste relatait le « terrible attentat » qui venait d'être commis contre un éminent politicien.

Au second plan, Hoffer pouvait voir les pompiers s'affairer à rassembler les morceaux de ce qui avait été une tribune dressée pour une conférence. Puis les images dévoilèrent l'arrière d'une ambulance dans laquelle on chargeait un homme ensanglanté étendu sur une civière, le tout baigné par une ambiance d'affolement.

Le journaliste poursuivait :

— C'est juste après midi que le député Chuck Milton a été la victime de cette horrible agression. Il est encore trop tôt pour savoir s'il s'agit de l'œuvre d'un fou ou bien de terroristes. Ce que l'on peut dire, à l'heure actuelle, c'est que la fréquence avec laquelle sont frappés certains de nos élus nationaux doit avoir un rapport avec la guerre des gangs qui se déroule en ce moment sur notre territoire. Rappelons que le sénateur Lonnie Randall a été lui aussi victime d'un attentat à la roquette alors qu'il quittait sa demeure de Quincy...

En entendant le nom de la victime, Hoffer eut une brusque contraction des mâchoires. Lâchant les papiers qu'il avait en main, il coupa le poste de télévision devant lequel il resta figé quelques secondes, le regard vide. Machinalement, il se dirigea vers un petit bar contenant quelques apéritifs. Il ne buvait pratiquement jamais d'alcool, mais il vida d'un trait le verre rempli de whisky qu'il venait de se servir. Toussant et grimaçant, il se traîna ensuite vers le téléphone qui se mit à carillonner intempestivement. Il sursauta puis décrocha.

— Allô ? fit-il d'une voix incertaine.

— Orlando Hoffer ?

— Oui... Qui est à l'appareil ?

— Ça n'a pas une importance capitale. Avez-vous appris les dernières nouvelles ?

— Oui... c'est affreux... Mais qui êtes-vous ?

— Je vous l'ai déjà dit, mon nom est secondaire. Ce qui vient de se produire n'est pas très joli, en effet. Vous devez vous y attendre aussi en ce qui vous concerne. C'est ce qui finit logiquement par arriver lorsqu'on se commet avec les cannibales.

— Mais je ne me...

— Sénateur ! Les *amici* se retournent toujours contre leurs proies quand ils sont acculés à prendre des décisions finales.

— Vous voulez dire que l'on va chercher à m'atteindre aussi ?

— Non, bien sûr ! Ils vont venir vous remercier pour vos bons et loyaux services !

— Mais enfin, je... admettons...

— L'heure n'est plus aux discours, Hoffer. J'aurais pu régler moi-même votre cas, mais je préfère que ça se passe autrement. Vous n'avez que quelques heures d'avance, profitez-en.

CHAPITRE XVII

Cela faisait maintenant plus de cinq heures que la radio et la télévision commentaient en continu la guerre de gangs qui faisait rage à Boston ainsi que les attentats qui semblaient y être liés. C'était en fait le résultat escompté par Bolan. L'intoxication qu'il avait opérée auprès des Russes et des mafiosi fonctionnait à la perfection. Le seul point gênant était qu'aucune des deux forces en présence n'arrivait à prendre le pas sur l'autre.

Bolan, toujours extrêmement méfiant au sujet des *amici*, pensait que rien n'était encore définitivement joué. En effet, les nouveaux venus de New York n'allaient sûrement pas baisser les bras et déclarer forfait aussi facilement. D'abord, le gâteau était trop gros et trop savoureux pour qu'ils laissent tomber l'opération en cours sans avoir tenté une ultime solution afin de raccorder les morceaux. Ensuite, s'ils rentraient les mains vides à New York, ils avaient tout à craindre de la part d'Ange Castellano dont la réputation de dureté, de cruauté même, envers ses hommes n'était plus à faire.

La question que se posait l'Exécuteur était celle-ci : comment la mafia pouvait-elle renouer avec les Russes les tractations brutalement interrompues ? Certes pas en allant voir ceux-ci pour s'excuser des désagréments causés. En leur proposant une plus grosse somme d'argent pour l'achat de la came ? Non plus. Les *mobsters* de *Cosa Nostra* n'ont pas pour habitude de dilapider leurs budgets. Alors ?... Une seule réponse plausible venait à l'esprit de Bolan : il fallait qu'une tête saute pour que Lamama et Skudler aient une quelconque chance de pouvoir s'asseoir de nouveau à la même table que Stavichky et renouer le dialogue interrompu. Une tête sur laquelle on ferait retomber toute la responsabilité de l'immense bordel qui s'était installé depuis quarante-huit heures.

Carmi... Sam Carmi, en effet, avait la tête de l'emploi. N'était-ce pas en sa présence et alors qu'il menait le jeu, sur ce lugubre dock, que tout avait tourné en eau de boudin ?

Après mûre réflexion, l'Exécuteur pensait que Lamama et Skudler avaient de leur côté envisagé cette solution. Carmi le Malchanceux allait l'être un peu plus. Peu importait qu'il fût en ce moment enfermé dans les locaux de la police de Boston. Ce n'étaient pas quelques murs qui arrêteraient les tueurs de la mafia.

Il convenait donc d'agir en conséquence, de devancer les initiatives de l'ennemi et de se trouver là où il le fallait avant eux.

Val Lamama faisait le bilan des événements depuis que tout avait mal tourné. Financièrement ce n'était pas glorieux : pertes sèches sur toute la ligne, et Castellano réclamait des résultats d'urgence. Mais en ce qui concernait le marché à venir, c'était catastrophique. Sans parler des *soldati* qui s'étaient fait occire tout au long de ces deux jours.

Lui-même ainsi que Skudler avaient bien failli y passer, lors de cette attaque brutale dans la villa de Carmi. Cinq hommes sur quinze constituant l'équipe de renfort envoyée par Castellano étaient restés sur le carreau. Mais un ordre était venu inopinément et les assaillants s'étaient brusquement repliés, emmenant deux blessés et un cadavre. Avaient-ils eu la trouille d'une arrivée des flics ou s'étaient-ils dit que les dégâts suffisaient ?

Quoi qu'il en fût, les gars de New York avaient été durement touchés et avaient dû déménager illico pour éviter d'avoir à répondre aux questions de la flicaille.

Pourtant, un espoir subsistait. Lamama songeait que Stavichky n'avait peut-être pas eu l'intention d'aller jusqu'au bout de l'attaque. Ce n'était peut-être qu'un gros coup de semonce afin de pouvoir reprendre la discussion après l'avoir placé, lui Lamama, en position d'infériorité. A moins qu'il ait envisagé d'attendre que New York lui envoie une nouvelle délégation...

Stavichky avait des tonnes de came à écouler aux Etats-Unis et il serait bien obligé de passer par la filière de l'Organisation. C'était une certitude.

Un peu plus tôt, Val Lamama avait réussi à joindre les Russes dans une planque que lui avait signalée l'un de ses indics. Il avait eu au bout du fil un sous-fifre auquel il avait laissé un numéro de téléphone ainsi qu'un message laconique : « Dites à Stavichky qu'il y a eu maldonne et que je peux le prouver. »

Il poussa un soupir, sursauta nerveusement quand le téléphone se mit à tinter sur la table en face de lui, et se jeta dessus.

— Passez-moi Lamama, demanda une voix sèche qu'il reconnut aussitôt comme étant celle de Stavichky.

— C'est moi. On vous a fait part du message ?

— On m'a dit qu'il y aurait un malentendu ? ricana le Russe.

— Plus qu'un malentendu. C'est le gros Sam qui a manigancé toutes les horreurs dont nous avons souffert.

— Pourquoi aurait-il voulu ça ?

— Simplement parce qu'il avait l'intention de s'approprier tout le marché sans nous faire bénéficier de la contrepartie. Quand je dis nous, je parle de New York.

— J'avais compris. Admettons que ce soit vrai. Il y a aussi la présence de cette ordure de... comment l'appelez-vous ? L'Exécuteur ?

Lamama laissa planer un petit silence pour ménager son effet :

— Mack Bolan n'est pas à Boston, Stavichky. C'est une fable montée de toutes pièces par Carmi. Il lui fallait une tête de Turc vis-à-vis de notre organisation. Il a monté toute cette histoire en payant un ancien des commandos. Et voilà...

Ce fut au tour du Russe de rester silencieux un moment. Il devait supputer la véracité de ce qu'il venait d'entendre.

— Comment avez-vous pu faire confiance à ce dégénéré ? questionna-t-il.

— Chacun a ses brebis galeuses. Mais le sang a assez coulé de notre côté et du vôtre. Alors, voilà ce que je vous propose... On lave le linge sale en famille et une fois que tout est propre, on reprend la discussion. Ça vous va ?

— Qu'entendez-vous par là ?

— Que je vous apporterai la tête de ce salaud sur un plateau.

— Ce ne sera pas une preuve.

— Bon Dieu ! Malgré nos différends, Sam est un frère de sang pour nous. Croyez-vous que nous envisagerions une telle solution si ce que je viens de vous dire n'était pas vrai ? Notre organisation est basée avant tout sur le respect, la fidélité et l'honneur, Stavichky.

Stavichky émit un son étrange qui pouvait s'apparenter à un rire ironique, puis il répliqua :

— D'accord. Je vous donne une chance de prouver votre bonne foi. Mais ce sera la dernière. Au moindre incident, j'annule la trêve.

— C'est bien comme ça que je vois les choses, fit Lamama.

— Vous savez où me joindre. Rappelez-moi quand vous aurez découpé la tête de ce porc.

— Comptez sur moi ! gronda Lamama en raccrochant.

Il resta un moment immobile à réfléchir, puis il appela Skudler et les deux tueurs d'élite, Blendish et Headead.

— C'est provisoirement arrangé avec le Moujik, leur confia-t-il. Reste le problème de la grande pute.

Ils se mirent à discuter d'un plan d'urgence visant à liquider Carmi et à éliminer la menace que faisait peser Bolan sur la combine raccommodée à la dernière minute. En fait, pour ce dernier, il s'agissait seulement de reprendre l'idée proposée par Ralph Douglas en l'adaptant aux événements : ignorer Bolan le fumier, réaliser le marché au plus vite et dans le secret le plus absolu, puis disparaître pendant un certain temps, quitte à laisser dormir la came dans une planque. Juste le temps que tout se calme. Ce sale con ne pouvait se permettre de rester indéfiniment à Boston !

En ce qui concernait Carmi, il leur fallait concevoir une action efficace et rapide. Ce fut Pat Skudler qui trouva la solution. Samuel Carmi devait être transféré en direction de Washington aux environs de six heures de l'après-midi. Un des flics véreux du commissariat de Boston les renseigna sur le trajet prévu pour l'accompagnement de l'ancien *capo* jusqu'à l'aéroport. Carmi ne serait escorté que par deux gars du FBI, un certain Peter Boltzer et son adjoint Cliff Colder. L'enfance de l'art...

— Tu es sûr qu'ils ne seront que deux pour l'amener à Washington ?

— Oui. D'après ce flic, ils ne s'attendent pas à être inquiétés. Ils paraissent très sûrs d'eux.

— Ils s'imaginent peut-être qu'on est complètement paumés.

— Après tout ce qui s'est passé, ce serait logique.

— Moi, je crois plutôt qu'ils veulent transférer Carmi en douce, sans faire de vagues.

— Aucune importance, ce qui compte, c'est d'être prévenus. Occupe-toi de choisir des mecs efficaces pour que notre bon ami Sam termine rapidement sa carrière de donneur.

— Qu'est-ce qu'on fait pour Hoffer? demanda Cliff Blendish.

Val Lamama le fixa en réfléchissant puis déclara :

— Il est trop mouillé avec Carmi. Il en sait beaucoup trop, je n'ai pas confiance en lui. Il s'est même retourné contre Sam... On va s'en occuper en même temps.

Une brève discussion porta ensuite sur les détails de la double opération et sur la façon de procéder. Une équipe de six hommes, dirigée par Cliff Blendish, allait s'occuper de Samuel Carmi. Une seconde, composée de quatre autres *soldati* et menée par Kevin Headead, allait prendre soin du sénateur Hoffer. Ensuite, Valentino Lamama et Pat Skudler rencontreraient les Russes sur un terrain neutre et dans le plus grand secret.

Cliff Blendish hocha lentement la tête en signe d'assentiment lorsque Val Lamama souligna les graves inconvénients qu'il y aurait à rater l'opération. Une menace implicite mais claire. Tout au long de sa carrière de buteur, Cliff avait rectifié bon nombre de mecs qui ne marchaient pas droit. Des petits cons, des durs et de vrais salauds. Il n'avait jamais craint de prendre la tête de ses hommes ou de partir seul pour mener ces expéditions macabres. Pourtant, cette fois, un sale pressentiment l'envahissait. Jusqu'à maintenant, la combinaison noire avait tout orchestré et presque réussi à tout foutre en l'air, ici au Massachusetts. Et voilà que Lamama voulait faire croire aux Ruskoffs que Bolan le fumier n'était jamais venu à Boston !

Ce type n'était ni un con ni un simple salopard, mais un véritable fauve qui avait en plus des autres quelque chose d'indéfinissable, quelque chose que Cliff n'arrivait pas à comprendre.

Pourtant, aucune raison majeure ne lui permettait de s'inquiéter. Il allait buter cette ordure de Carmi ainsi que les deux flics qui l'accompagnaient, opération qui s'annonçait des plus faciles. Cependant, l'image et l'odeur de la mort ne cessaient de le hanter. Une sale impression qu'il ne parvenait pas à analyser mais ressentait de façon troublante.

CHAPITRE XVIII

Bolan arriva à 17 h 30 à proximité du commissariat central, gara sa voiture de façon à avoir une vue dégagée du parking des flics et se mit à attendre.

Il ne savait pas combien d'hommes allaient participer à l'escorte chargée de convoyer Carmi dans la capitale fédérale. En revanche, il avait la certitude, quel que soit le nombre de ceux-ci, que cela n'arrêterait pas les cannibales dans leur détermination. Dans l'esprit des *amici*, les flics y passeraient aussi, il n'y aurait pas de détail.

— Tu vois quelque chose?

Le costaud plissait les paupières dans le crépuscule tout en faisant un petit bruit de bouche dubitatif.

— Que dalle, chuchota son copain assis à côté de lui à l'avant d'une Pontiac verte. Avec ces putains de pare-brise polaroid on ne voit pratiquement rien.

— Ouais. Y en a de plus en plus sur les bagnoles des poulets.

La nuit était en train de noyer Boston dans son

suaire de grisaille. Derrière eux, une Mercury noire se tenait en attente, son moteur ronronnant au ralenti. Le chauffeur se tourna vers Cliff Blendish :

— Qu'est-ce que t'en penses ?

— De quoi ? fit le chef de l'équipe des tueurs.

— Tu crois qu'il pourrait être là-dedans ?

— Comment tu veux que je le sache ?

— Le flic qui vous a renseignés a bien dit que ce serait cette bagnole, non ?

— Ouais, il l'a dit. Le numéro 17.

L'un des buteurs assis à l'arrière eut une sorte de braiment.

— Alors, c'est du tout cuit. On s'assure d'abord que c'est bien lui, ensuite on lui fout cinq ou six chargeurs dans la gueule et on se trisse.

— T'es con ou quoi ? Tu lui larguerais le potage devant le commissariat ?

— Ces cons de flics sont peut-être en train de roupiller. Une fois, j'ai...

— Fermez vos gueules ! cracha Cliff. Les voilà !

Les tueurs pouvaient voir les deux flics escortant Sam Carmi jusqu'à leur véhicule. Le premier ouvrit une des portes arrière et poussa le *capo* déchu à l'intérieur, prenant place à côté de lui, tandis que le second contournait le véhicule, scrutant les alentours avant de prendre place derrière le volant.

Cliff Blendish lança à son chauffeur :

— C'est parti ! Laisse-les prendre un peu d'avance et file-leur le train en souplesse.

Puis, actionnant un petit émetteur radio, il appela l'équipe de la Pontiac :

— Deuxième groupe ! Vous me recevez ?

Une voix rocailleuse lui répondit :

— Ouais, on a vu ! On les suit ?

— Comme prévu, on les file jusqu'à la sortie de la ville.

La voiture des policiers venait de se mettre en marche, suivie d'assez loin par les deux véhicules remplis de mafiosi, eux-mêmes suivis à leur insu par une Buick grise. Le petit convoi prit la direction du nord-est, empruntant Columbia Road puis Massachusetts Avenue pour rejoindre le tunnel qui dessert Logan International Airport.

Ils roulaient depuis maintenant une quinzaine de minutes et se trouvaient à un peu plus d'un kilomètre du tunnel, sur une chaussée où il y avait peu de circulation. C'était cette portion du trajet qu'avait choisie Cliff Blendish pour passer à l'attaque.

— Maintenant ! cracha-t-il dans sa radio.

De concert, les deux véhicules mafiosi accélérèrent brutalement pour rejoindre la voiture de police. Cliff Blendish collait au train de cette dernière tandis que l'autre remontait son flanc gauche. Les flics seraient bientôt pris en sandwich.

C'était précisément l'instant que Bolan attendait pour entrer en scène. La puissante Buick grise accéléra à son tour pour venir se placer parallèlement au véhicule occupé par Blendish et ses tueurs. Les *soldati* de la Mercury se préparaient à couper la route à leurs proies lorsque Blendish aperçut la Buick qui s'était stabilisée à côté d'eux, roulant à la même vitesse.

— Merde ! jura-t-il. Qu'est-ce que c'est que ce sale con ?

Puis un frisson glacial parcourut l'échine du tueur lorsqu'il aperçut la gueule énorme de l'Automag que le « sale con » braquait dans sa direction. Il poussa un nouveau juron en cherchant sous sa veste une arme qu'il n'eut pas le temps d'utiliser. Une grosse pastille de .44 magnum lui disloqua la boîte crânienne dans un coup de tonnerre et sa cervelle inonda l'habitacle, une partie allant se coller contre le pare-brise. Le chauffeur émit un couinement horrifié juste avant de prendre lui aussi un projectile brûlant qui lui fit sauter la mâchoire inférieure et, privée de contrôle, la grosse Mercury commença une série d'embardées dans le hurlement de ses pneus.

En une seconde, Peter Boltzer avait compris la situation. Son rétroviseur lui avait d'abord renvoyé l'image des deux véhicules qui accéléraient brutalement. Aucune illusion à avoir, ils allaient se trouver coincés, pris en tenaille. Puis il y avait eu les deux aboiements tonitruants et il avait pu voir le Mercury qui tanguait violemment d'un côté à l'autre de la chaussée. Il recevait un secours inespéré.

Serrant les dents, il précipita sa voiture contre le premier groupe de salopards dans la Pontiac verte qui tentait de se rabattre devant lui. Assis sur la banquette arrière à côté de Carmi, Colder avait extrait un Colt .45 ACP de son holster et abaissé la vitre de son côté.

La Buick se colla derrière la Pontiac tandis que Blendish et son équipe de bâtards du diable finissaient leur opération contre une rambarde de sécurité. Puis, dans une brutale accélération, le bolide gris percuta la Pontiac, la poussant ensuite bien au-delà de la voiture des agents du FBI. En même temps, l'Automag tonna quatre fois de suite, pulvérisant la vitre de la lunette arrière et faisant sauter des têtes par la même occasion. Dans une violente embardée, le véhicule mafieux monta sur un trottoir, percuta une façade et prit feu en se retournant sur le côté.

Quelques secondes plus tard, la Ford du FBI stoppa dans un crissement de pneus, à peu près au même instant que la Buick dont le conducteur mit aussitôt pied à terre.

— Vous ne faites pas dans la dentelle, laissa tomber le flic essoufflé.

— Désolé, lui répondit Bolan dans un sourire grimaçant. Je n'avais pas tellement le temps de fignoler. Vous avez une grosse fuite chez vous.

— Ouais, c'est sûr. Un de ces types qui marchent à l'enveloppe. Comment avez-vous deviné ?

— C'était logique.

Boltzer soupira.

— Oui, évidemment. Je ne croyais pas que ça irait jusque-là.

— Attendez-vous toujours au pire avec les *amici.*

— Bon Dieu, je m'en souviendrai ! Au fait, merci.

— Ne me remerciez pas, je ne faisais que continuer le nettoyage. Comment va l'ami Sam ?

— Il ressemble à un légume qui a trop traîné au garde-manger.

— Vous allez le passer à la moulinette ?

— Comptez sur nous pour ça.

— Faites-le surtout parler au sujet de son gros protecteur, Ange Castellano.

— J'en avais bien l'intention. Et vous ?

— Je m'occupe du reste de la vermine qui salit encore Boston. Voulez-vous me rendre un service ?

— Si c'est dans mes cordes...

— Officiellement, Carmi a laissé sa peau dans l'opération. O.K. ?

— Ça peut se faire, mais je ne pourrai pas maintenir l'information très longtemps.

— Je n'ai besoin que de deux ou trois heures.

Boltzer réfléchit, puis :

— D'accord. Trois heures, je vous dois bien ça. Je vais passer un message radio. Heu... Vous ne devriez pas traîner ici.

— Je n'en ai pas l'intention.

Boltzer jeta un regard reconnaissant à Bolan et déclara :

— Faites gaffe à vous, il n'y a pas que des vendus parmi les flics de Boston. Certains font leur boulot correctement et la consigne en ce qui vous concerne est toujours la même.

— Je sais, rétorqua l'Exécuteur. Bonne route.

— Vous aussi.

Ils s'en retournèrent chacun vers leur véhicule respectif. Reprenant place au volant de la Ford, Boltzer dit à Colder :

— On a eu une sacrée chance. J'espère que le dernier parcours sera plus tranquille.

Sam Carmi parut sortir d'un rêve tout éveillé et ronchonna :

— Pourquoi est-ce que vous l'avez laissé partir ?

— En quoi cela vous concerne-t-il ? répliqua sèchement Boltzer.

— C'est un criminel, non ?

— Au cas où vous ne vous en seriez pas aperçu, il vient de vous sauver la vie.

— Tu parles ! Vous avez besoin d'un salopard comme lui pour faire votre boulot ?

— Fermez votre sale gueule, Carmi, ou je vous défonce le portrait. Pigé ?

Peter Boltzer serra les mâchoires tout en accélérant pour rejoindre le tunnel avant l'aéroport. Puis sa tension nerveuse cessa d'un coup. Il eut un petit sourire en songeant à ce grand gars qui jouait constamment sa peau dans une invraisemblable guerre contre la mafia. Bon Dieu ! se dit-il. Quel sacré phénomène !

Il ne savait pas encore que le sanglant épisode auquel ils venaient de participer marquait une étape décisive dans l'effondrement de la mafia à Boston. Les *amici* de New York non plus et ils allaient l'apprendre à leurs dépens.

CHAPITRE XIX

Kevin Headead et son équipe de tueurs se tenaient depuis une demi-heure à proximité du grand building occupé par le sénateur Orlando Hoffer. Dès son arrivée sur les lieux, il avait eu une mauvaise impression. Les policiers pullulaient dans le secteur et l'affaire risquait d'être plus compliquée que prévu. Aussi avait-il fallu modifier rapidement le plan initial.

Ce qui était certain, c'est que le sénateur véreux n'avait pas encore quitté l'immeuble. Il devait s'être enfermé dans son bureau climatisé, occupé à envoyer de prudents appels téléphoniques et à préparer un départ furtif. Sans aucun doute, le politicard sentait la merde lui arriver en plein nez et il voulait se mettre à l'abri.

Kevin Headead savait qu'il devait agir rapidement. Hoffer représentait un trop grand danger pour l'Organisation. Il devait donc disparaître, Val Lamama avait été suffisamment explicite à ce sujet.

Après une assez longue attente, Headead jeta un rapide coup d'œil à sa montre : 18 h 30. L'équipe de nettoyage de l'immeuble n'allait pas tarder à arriver.

C'est là que Kevin Headead et ses gars entreraient en action.

A 18 h 40, une camionnette de l'agence Clean Washer Cie ralentissait à l'angle d'une rue perpendiculaire à l'avenue Hyde Park, à environ cinq cents mètres de l'objectif mafieux, quand une Oldsmobile s'arrêta devant elle. Aussitôt, deux hommes armés en descendirent et s'introduisirent dans la camionnette en menaçant ses passagers avec leurs armes. Il y eut ensuite une rapide substitution et, pour les quelques piétons qui circulaient à cet instant sur la chaussée, la scène passa totalement inaperçue. Tout s'était déroulé avec un professionnalisme remarquable.

Le sénateur Hoffer était assis derrière son bureau. Face à lui, l'adjoint au chef de la police de Boston s'impatientait :

— J'espère que vous avez bientôt terminé, nous sommes en retard sur l'horaire.

— Oui, oui. Un dernier coup de téléphone et je suis à vous.

Ce coup de téléphone allait véritablement être le dernier pour Hoffer. Brusquement, la porte de son bureau vola en éclats tandis qu'une rafale précise et meurtrière plaqua violemment le politicard contre le mur. D'un bond, le flic s'était jeté au sol et d'un geste rapide avait dégainé son 38 spécial qui aboya aussitôt, mettant fin à la carrière criminelle du tireur. Il ne fut pourtant pas suffisamment rapide pour éviter la nouvelle rafale crachée par un second tueur.

Presque aussitôt après, des bruits de cavalcades

résonnèrent dans les couloirs de l'étage. En quelques secondes, chaque accès du bâtiment fut sous le contrôle de la police, rendant toute fuite impossible.

Depuis l'avenue, Headead avait entendu l'écho caractéristique des rafales. Il eut un rictus de satisfaction. C'en était évidemment fini des deux buteurs qui s'étaient introduits dans le building, mais le contrat était rempli. C'est ce qui comptait avant tout. Le boss venu de New York allait être satisfait.

L'Exécuteur venait de placer une deuxième charge d'explosif C-4 sur la Mercedes en stationnement devant la villa destinée à remplacer le véhicule endommagé de Stavichky.

Repérer le lieu de la réunion n'avait pas été difficile, Bolan avait tout simplement filé le train à un mafioso qui s'y rendait.

D'évidence, la nouvelle de la mort de Sam Carmi avait circulé. Les Russes étaient en grand conciliabule avec Valentino Lamama et Pat Skudler. La nuit était glaciale et d'un noir d'encre, propice à une infiltration juste avant l'assaut final.

Bolan pensait qu'il était grand temps de briser définitivement le fragile équilibre qui soutenait la trêve entre les deux clans. Il avait déjà établi les préparatifs de la représentation macabre. Deux Spetnaz gisaient à l'intérieur de la nouvelle Mercedes de Stavichky. Un excès de confiance leur avait valu de mourir rapidement de deux balles chuintantes, et l'Exécuteur s'était ensuite froidement débarrassé de deux sentinelles de la mafia un peu trop décontractées qui étaient censées surveiller le petit parc devant la bâtisse.

Discrètement, à la manière d'un félin, l'ombre noire et mortelle se glissa dans le jardin ténébreux.

Dans la maison dont on avait poussé à fond le chauffage, l'atmosphère se réchauffait très vite. Trop vite même. Stavichky s'en prenait à Valentino Lamama pour une vulgaire histoire de pourcentage, lorsqu'ils furent tous interrompus par l'explosion de la Mercedes.

Au même instant, une fenêtre du salon fut pulvérisée et violemment repoussée, laissant apparaître une silhouette sombre qui se mit sans délai à cracher un déluge de feu et de plomb sur les truands de tous crins réunis autour d'une grande table en bois massif.

Val Lamama, Pavlovski, un Spetnaz et deux *soldati* furent les premiers fauchés par la mort avant de pouvoir comprendre ce qui se passait. Puis l'ombre disparut aussi soudainement qu'elle s'était découpée dans l'ouverture. Pat Skudler avait eu la chance de pouvoir s'abriter sous la table monumentale où il s'était jeté en compagnie d'un *soldato*. Kevin Headead avait plongé derrière un canapé et Stavichky ainsi que son chauffeur avaient miraculeusement échappé au feu d'enfer grâce à un pan de mur qui avait limité l'angle de tir.

Dans une panique indescriptible, les survivants qui tentaient une évacuation en catastrophe purent entendre une interminable rafale ponctuée de cris d'agonie et de vociférations. La mort poursuivait son œuvre à l'extérieur.

Les ogives meurtrières jaillissaient du combiné

M-16/M-203 avec une régularité effrayante, distribuant leur juste condamnation aux multiples forfaits accomplis par cette racaille grouillante.

Mais l'Exécuteur avait prévu un final encore plus grandiose à cette congrégation de malfrats. Pendant que des *soldati* éparpillés cherchaient des yeux l'attaquant en s'abritant du mieux possible, ce dernier avait rejoint un emplacement protégé d'où il leur préparait une surprise toute spéciale.

Le major Stavichky et le commando Spetnaz venaient juste de s'enfuir par l'arrière de la villa lorsqu'ils furent soufflés par l'explosion de la bâtisse. Bolan venait d'actionner le détonateur de la seconde charge explosive qu'il avait mise en place. Il ne pouvait juger exactement les dégâts occasionnés, à cause de l'immense nuage de poussière qui entourait les lieux, mais il était certain que l'explosion avait eu un effet des plus dévastateurs.

Du sang ennemi souillait sa combinaison. Ce n'était ni la première ni la dernière fois. Il n'avait pas encore fini.

Sortant du nuage suffocant, Stavichky et le mercenaire russe battaient en retraite, claudiquant, toussant, cherchant visiblement à rejoindre une petite allée qui bordait la propriété par l'arrière. Ils allaient y parvenir lorsqu'un obstacle inattendu se dressa devant eux sous la forme d'une imposante silhouette noire et bardée d'armes. Stavichky émit un gémissement douloureux.

— La fête est terminée, major, lui dit Bolan d'une voix qui parut venir de l'au-delà.

— Attendez !... Vous ne pouvez pas me tuer...

— Y a-t-il une raison pour cela ?

Stavichky regarda la gueule énorme de l'arme nickelée braquée sur lui, puis il fixa les yeux de glace et se mit à trembler.

— Oui, la fête est finie, déclara-t-il lugubrement. Je m'en retourne chez moi. J'ai un billet d'avion dans ma poche...

— Il est trop tard, lâcha Bolan.

— Je vous en prie ! Tenez, je vais vous montrer le billet... Je...

— Sers-t'en pour aller en l'enfer.

Dans un coup de tonnerre, l'Automag se cabra brutalement dans la main de l'Exécuteur et la tête de Stavichky ressembla soudain à une pastèque trop mûre qui vient d'éclater. Puis Bolan s'adressa au Spetnaz dont les yeux s'étaient exorbités :

— Toi, tu rentres chez toi. Dis à tes copains ce qui s'est passé ici, j'espère qu'ils comprendront.

Un pistolet vide de cartouches pendait au bout du bras du type, la culasse bloquée en arrière. L'Exécuteur lui tourna le dos et s'enfonça dans la nuit opaque.

La fin était consommée pour les fournisseurs russes de mort blanche, mais il restait encore deux chacals à abattre, deux ignobles *amici* qui resteraient dangereux tant qu'ils seraient encore en vie.

Bolan ne découvrit aucune trace d'eux dans les ruines fumantes, pas plus que dans le jardin ni sur le parking. Et il n'était bien sûr pas question de s'attarder sur les lieux que les policiers n'allaient pas tarder à investir.

CHAPITRE XX

Pat Skudler se frotta le front avec un mouchoir déjà trempé de sueur. Assis à côté de lui à l'arrière d'une Chevrolet qui filait sur la route nationale, Kevin Headead affichait un visage granitique mais il n'en remuait pas moins de sombres pensées.

— Fait une putain de chaleur ! s'exclama Skudler. Arrête le chauffage, Nino.

Docile, le chauffeur coupa la climatisation au tableau de bord. L'émissaire de New York soupira rageusement en revoyant par la pensée quelques images affreuses de la veille au soir. Comment un type tout seul avait-il pu tout faire sauter, réduire à néant une petite armée de gars bien entraînés et bousiller une opération montée de main de maître par l'Organisation ?

Skudler et Headead avaient eu un bol inouï de pouvoir échapper au massacre. Ils s'étaient éclipsés en rampant, en bouffant de la terre glacée, jusqu'à un bosquet qui leur avait offert un couvert pour s'éloigner du théâtre sanglant. Ils avaient eu l'impression que leur cœur allait éclater dans leur poitrine, leur sang gicler à tous moments de leurs artères. Ils s'étaient terrés dans un motel pouilleux.

En roulant sur cette route dans la grisaille de la matinée, les rescapés du blitz de Boston se posaient tous deux la même question : de quoi était fait ce mec ?... Il ne pouvait être totalement humain.

Pat Skudler regarda Headead qui manipulait un Colt .45.

— Tu devrais éviter de jouer avec ça, fit-il remarquer avec agacement en fixant le calibre.

— C'est une valeur sûre par les temps qui courent, grimaça le tueur de New York.

Après un petit silence, il ajouta :

— Et puis, on sait jamais, des fois que ce fumier serait derrière nous.

Pat Skudler détourna la tête sans répondre. Une grande lassitude prenait le pas sur sa hargne. Il songea au retour à New York, aux explications qu'il allait devoir fournir sur tout ce qui venait de se passer. Quel fiasco !

Il s'efforça de faire le vide en lui, d'oublier un instant ses problèmes, mais une toute petite voix fatiguée lui parvint de son for intérieur, une voix qui lui murmurait : « Tu es fini, liquidé !... »

Le ronflement d'un moteur le sortit de ses sinistres cogitations. Se retournant, il distingua à travers la lunette arrière de la Chevrolet le point minuscule formé par un véhicule éloigné. Essayait-on de les prendre en chasse ? Non, c'était invraisemblable, impossible.

Pourtant, le bruit de moteur se fit rapidement plus grave et plus fort, jusqu'à devenir presque insoutenable. Et Skudler comprit brusquement que cela se passait au-dessus de sa tête. Kevin Headead lui aussi avait compris. Il commanda l'ouverture électrique de sa vitre, passa la tête par la portière, les yeux cherchant la source du bruit. Et il vit. Un hélicoptère suivait une trajectoire rigoureusement parallèle à la leur. Juste au-dessus d'eux !

— Nom de Dieu ! proféra-t-il, les mâchoires soudées.

L'appareil dépassa le véhicule dans une brusque accélération, filant droit dans l'axe de la route, à moins de cinq mètres du sol, et se posa d'un coup.

— Qu'est-ce qu'il fout, ce dingue? éructa le chauffeur en s'accrochant au volant pour résister au brusque freinage qu'il effectuait.

Headead harangua brutalement le chauffeur :

— T'arrête pas ! Fonce, prends le bas-côté !

A cent cinquante mètres de là, le pilote sautait de l'hélicoptère posé au milieu de route, attendant la grosse masse de la Buick qui reprenait de la vitesse.

Pat Skudler blêmit, ouvrant tout grand les yeux tandis que la face de Kevin Headead se décomposait. La vision de mort qu'ils avaient déjà eue la veille au soir se dessinait de nouveau devant eux, au milieu de cette maudite route.

— Fonce, bon Dieu ! Fonce ! répéta Headead d'un ton hystérique.

Le chauffeur n'eut pas le temps d'accélérer suffisamment. Là-bas, le salopard braquait une sorte de tube d'où jaillit soudain un engin cylindrique qui fila dans leur direction. Une demi-seconde plus tard, la grenade de 40 mm percuta la calandre et explosa dans un fracas assourdissant.

L'avant du véhicule fut littéralement soufflé et la caisse décolla du sol avant de retomber sur le flanc, ses roues tournant dans le vide avec un grincement continu. Par l'ouverture du pare-brise éclaté, le seul survivant, Kevin Headead, tenait encore son Colt .45 d'une main couverte de sang. Il était sonné, un brouillard fluctuant lui emplissait la tête, mais il aperçut la silhouette menaçante qui s'avançait dans sa direction.

Headead ne paniquait même pas, il saignait trop, un gong infernal retentissait dans sa tête. Sa poitrine se soulevait par saccades tandis qu'il essayait de respirer.

— C'est trop con..., grimaça-t-il en faisant un effort démesuré pour braquer son .45. On aurait pu gagner.

Il venait de signer son épitaphe. Alors qu'il tentait de lever sa main armée, une énorme ogive de .44 magnum lui fit exploser le crâne dans un giclement de sang et de matière cervicale.

Il y eut encore deux grosses détonations. Des coups de grâce. Puis Bolan rejoignit l'hélico dont le rotor tournait toujours, s'installa aux commandes et décolla aussi sec, survolant les quelques voitures qui s'étaient prudemment arrêtées à bonne distance.

Cette fois, la guerre de Boston était terminée. L'Exécuteur pouvait réintégrer la peau de Mack Bolan. La transformation serait un peu douloureuse, comme toujours, mais il y aurait peut-être une compensation.

Le guerrier solitaire se sentait soudainement fatigué, moralement épuisé, et il avait envie d'oublier jusqu'à l'existence de la mafia. Il savait pourtant que c'était impossible.

Cependant, il lui fallait lever le pied de cet accélérateur dément qui le forçait à poursuivre son inlassable combat. Une personne lui avait laissé entendre qu'elle serait heureuse de le revoir. Après tout, l'amie de Toni Blancanales allait peut-être lui apporter un peu du réconfort dont il avait tant besoin. En tout cas, il devait faire un break, l'espace d'un instant, avant de se lancer sur de nouvelles traces, avant de recommencer sa traque perpétuelle.

A Boston, il avait bénéficié d'appuis occultes de plusieurs hommes qu'il n'avait jamais rencontrés auparavant. Jerry Mac Lyman, Peter Boltzer et son adjoint Cliff Colder, aussi. Des types formidables qui faisaient leur devoir du mieux possible et qui l'avaient aidé tout en restant flics. Ils n'avaient pas à rougir de l'avoir aidé.

C'était grâce à Lyman que l'Exécuteur avait pu retrouver Skudler et Headead et leur couper la retraite sur cette route. Toutes les agences de location de la ville avaient reçu confidentiellement pour consigne de signaler d'éventuels clients correspondant à la description des deux mafiosi en fuite.

Par ailleurs, l'ex-*capo* du Massachusetts devait être maintenant prêt à distribuer des informations alléchantes aux agents du FBI à Washington. Le projet de la mafia dans le Massachusetts n'était plus qu'un souvenir, mais d'autres têtes allaient encore tomber.

L'Exécuteur ne regrettait pas d'avoir épargné Sam Carmi. Après qu'il eut vidé son sac, quelqu'un d'autre se chargerait de lui délivrer un billet sans retour pour l'enfer. Ange Castellano, l'instigateur occulte de toute la combine à Boston, ne pouvait laisser vivre Carmi, celui-ci en savait trop sur son compte.

Bolan connaissait par cœur les pratiques de *Cosa Nostra*. L'ami Samuel était déjà mort. Les chacals dévoreraient celui qui leur avait fait défaut. C'était leur loi, leur manière de vivre et de mourir. Dans l'ignominie.

Mais le combat de Mack Bolan continue...

Depuis le dernier voyage de Mack Bolan à Carthagène, rien n'avait vraiment changé dans le petit aéroport. Mêmes palmiers dolents en bordure de la zone parking, même hall blanc sale et gris, avec ses rangées de sièges en plastique rouge, sa grande peinture murale surplombant les desks des compagnies. L'aérogare des vols nationaux s'ouvrant largement sur l'extérieur, saturé de chaleur malgré la nuit tombée, il y faisait une température de sauna. Accroché à sa manche comme à une bouée, le petit Joselito paraissait pâle malgré son hâle naturel. Ce retour à Carthagène symbolisait pour le garçon la fin de son cauchemar. N'ayant heureusement d'autre bagage que le sac de voyage qu'il avait conservé en cabine, l'Exécuteur n'eut qu'à entraîner le gamin à l'extérieur, vers un des taxis jaunes stationnés le long du trottoir.

— Tout va bien, le rassura-t-il. Te voilà chez toi.

Puis à l'adresse du chauffeur, il lança :

— *Por favor, casco antiguo. Puerta Balmaseda.*

— *Con mucho gusto, señor*, renvoya l'intéressé en baissant le son de son autoradio.

Le vieux taxi se mit en route, quittant la zone aéroportuaire et, un instant plus tard, il enfilait une longue route longeant la mer des Caraïbes comme dans une carte postale de vacances. Exceptionnellement, l'Exécuteur était presque dans cet état d'esprit. Il n'était pas venu en Colombie pour tuer. Certes, juste avant son dernier blitz tout récent de Boston, le démantèlement de la filière pédophile de Los Angeles lui avait laissé espérer certains prolongements du même type en Amérique du Sud. Mais il attendait des infos en provenance d'Hal Brognola pour se relancer sur cette piste. Dans l'immédiat, il avait une promesse à tenir : ramener chez lui le garçon récemment arraché aux griffes des pourris californiens de la vidéo porno. Ce soir l'oncle Pablo — sa seule famille — attendait Joselito dans son épicerie, et ce serait la fête.

— *La Puerta Balmaseda, señor.*

A l'annonce du chauffeur, Bolan reprit pied dans le présent. Le taxi venait de passer sous une des voûtes creusées dans les fortifications du quartier historique de Carthagène. Il déboucha sur la *Plaza de los Coches*, noire de monde, bordée d'immeubles roses et jaunes illuminés, dont les balcons de bois regorgeaient de fleurs, avant de stopper devant l'immeuble blanc de la *Banco Union Colombiano.* Bolan régla la course, quitta le taxi, laissant Joselito le guider. Ils passèrent devant les vitrines de la *Casa del Joyero*, fendant une foule de promeneurs avides d'air frais, s'enfoncèrent dans des rues étroites, tournèrent bientôt dans la *Calle del Boquete*.

— C'est là ! s'exclama Joselito en se mettant à courir.

Il avait désigné une façade de boutique au rideau de fer baissé.

— Par ici ! pressa le garçonnet en poussant Bolan dans une voie sombre. On va entrer par-derrière.

Ils se retrouvèrent au fond d'une impasse, devant une porte métallique, où Joselito tambourina en appelant :

— *Tio* Pablo ! *Tio* Pablo !

— *Si*, répondit une voix lointaine. *Esta abierto.*

Déjà, le gamin avait tourné la poignée et poussé le battant, se précipitant à l'intérieur, les bras tendus et répétant :

— *Tio* Pablo ! *Tio* Pablo ! *Soy aqui !*

Bolan l'avait suivi. Son odorat enregistra des parfums épicés, il découvrit une longue pièce encombrée de caisses et de sacs, éclairée par une unique ampoule pendue au plafond. Avec, juste en dessous, trois hommes, dont un gros chauve, assis sur un tonneau, livide et hagard, le canon d'un automatique appuyé sur la tempe. L'Exécuteur avait également vu les armes braquées sur eux.

— *Tio* Pab...

Le reste fut emporté par les rafales.

Lisez : *Marée sanglante à Carthagène* en vente partout le 21 novembre 1995

DÉJÀ PARUS

Nº 45 : *L'holocauste californien*
Nº 46 : *Péril en Floride*
Nº 47 : *Épouvante à Washington*
Nº 48 : *Fureur à Miami*
Nº 49 : *Échec à la Mafia*
Nº 50 : *Embuscade à Pittsburgh*
Nº 51 : *Terreur à Los Angeles*
Nº 52 : *Hécatombe à Portland*
Nº 53 : *L'as noir de San Francisco*
Nº 54 : *Tornade sur la Mafia*
Nº 55 : *Furie à Phoenix*
Nº 56 : *L'opération texane*
Nº 57 : *Ouragan sur le lac Michigan*
Nº 58 : *Bain de sang pour la Mafia*
Nº 59 : *Piège au Nouveau-Mexique*
Nº 60 : *Pleins feux sur la Mafia*
Nº 61 : *La filière new-yorkaise*
Nº 62 : *Vengeance à Hong-Kong*
Nº 63 : *Chaos à Caracas*
Nº 64 : *Le capo de Palerme*
Nº 65 : *Nuit de feu sur Miami*
Nº 66 : *Trahison à Philadelphie*
Nº 67 : *Banco à Denver*
Nº 68 : *La guerre de Sicile*
Nº 69 : *Pluie de sang sur Hollywood*
Nº 70 : *Complot à Columbia*
Nº 71 : *Débâcle à Rio*
Nº 72 : *Les sources de sang*
Nº 73 : *Mort en Malaisie*
Nº 74 : *Fleuve de sang en Amazonie*
Nº 75 : *Tueries en Arizona*
Nº 76 : *Arnaque à Las Vegas*
Nº 77 : *La bataille du New Jersey*
Nº 78 : *Flots de sang pour une vengeance*
Nº 79 : *Raid sur Newark*
Nº 80 : *Tempête de mort sur Istanbul*
Nº 81 : *Alerte à Phœnix*
Nº 82 : *Exécutions maltaises*
Nº 83 : *Le Parrain de Nettuno*
Nº 84 : *Sédition à El Paso*
Nº 85 : *Ligne de feu sur Nicosie*
Nº 86 : *Capo di Roma*
Nº 87 : *Massacre à Dallas*
Nº 88 : *Les tueurs du Plan Fire*

Nº 89 : *Les charniers d'Abidjan*
Nº 90 : *Course de mort à Maja Blanca*
Nº 91 : *Traquenard en Louisiane*
Nº 92 : *Le boss de Zurich*
Nº 93 : *Hécatombe à Hollywood*
Nº 94 : *Piège à Chinatown*
Nº 95 : *Apocalypse à Houston*
Nº 96 : *Sabordage à Bombay*
Nº 97 : *Le crash de San Diego*
Nº 98 : *Enfer à Tingo Maria*
Nº 99 : *Les masques du pouvoir*
Nº 100 : *Les noces noires de Palerme*
Nº 101 : *Agonie en Pennsylvanie*
Nº 102 : *Opération Caraïbes*
Nº 103 : *Fiasco pour la Mafia*
Nº 104 : *Requiem pour les Amici*
Nº 105 : *L'enjeu canadien*
Nº 106 : *Exécutions roumaines*
Nº 107 : *Le carrousel australien*
Nº 108 : *Les contrats siciliens*
Nº 109 : *Justice à Portland*
Nº 110 : *Cosa Nostra Colombiana*
Nº 111 : *Alerte à Seattle*
Nº 112 : *Connexions sanglantes*
Nº 113 : *Ravages en Alabama*
Nº 114 : *La dernière vendetta*
Nº 115 : *Revanche à San Francisco*
Nº 116 : *Feux sur Chiang Mai*
Nº 117 : *Représailles à Manhattan*
Nº 118 : *Enfer sur la Moskova*
Nº 119 : *Dallas Connection*
Nº 120 : *Dévastations mafieuses*
Nº 121 : *La filière rouge*
Nº 122 : *Guet-apens à Hong-Kong*
Nº 123 : *Délivrance à Washington*
Nº 124 : *Tonnerre sur Chicago*
Nº 125 : *Les bouchers de Bratislava*
Nº 126 : *Les sacrifiés de Rome*
Nº 127 : *Le pacte du New Jersey*
Nº 128 : *Les chacals d'Hollywood*

Composé sur le serveur d'EURONUMÉRIQUE, à Montrouge
Achevé d'imprimer en septembre 1995
sur les presses de l'imprimerie Firmin-Didot
à Mesnil-sur-l'Estrée

— N° d'imprimeur : 32066 —
— N° d'éditeur : Ex. 129 —
Dépôt légal : octobre 1995.

Imprimé en France